婚約破棄されて闇に落ちた令嬢と
入れ替わって新しい人生始めてます。

Character
登場人物紹介
ラ イ
ローズレイの従者。シルヴィウス王国で忌み嫌われる黒髪のため、奴隷として過酷な日々を送っていたところをローズレイに救われる。ローズレイに絶対の忠誠を誓い、ひそかに愛情を向け続けている。
ローズレイ・ヒューレッド
シルヴィウス王国の公爵令嬢。全てに絶望して国に滅亡をもたらした『以前のローズレイ』と入れ替わって逆行転生する。女神の再来と呼ばれ王族との結婚を望まれているが、家族と幸せに暮らしたい。

スタンカート・フォン・シルヴィウス
シルヴィウス王国の第一王子。世継ぎの証である銀色の髪と瞳を持っていないため、王太子にはなれなかった。
ランダルト・フォン・シルヴィウス
シルヴィウス王国の第二王子。『以前のローズレイ』の婚約者で優秀な人物だが、ローズレイと向き合ったことはない。
パルファン・ヒューレッド
ローズレイの兄。『以前のローズレイ』とは不仲の激情家だったが、ローズレイとの交流により変化する。
スフィア
ローズレイ達が通う学園の転入生。『以前のローズレイ』は彼女を愛したパルファン達によって追い詰められた。
ユーア
ヒューレッド公爵家の侍女。優しく気配りに長けた女性。
マルナ・フォン・シルヴィウス
シルヴィウス王国の王女でローズレイの親友。パルファンに想いを寄せている。

1章　変わる未来

「……ッお嬢様‼　誰かっ、だれか！　お嬢様が目を覚まされました‼」

「………ッ」

「まだ起き上がってはなりません！　すぐにお医者様が参りますからっ！」

長い長い眠りから目覚めた気分の少女に、周囲が慌ただしく声を掛ける。

頭がひどく重たく感じて額を押さえようと手を伸ばして、彼女は手の小ささに驚き、そのまま固まってしまった。

(本当に『あの子』の……ローズレイの体だ……)

陶器《とうき》のように白い肌……美しい白銀の髪が頰を撫でた。

少女は目覚める前のとある『出会い』により今の状況を頭では理解してはいるが、妙な感覚だった。

バタバタと動き回る大勢の人。

ドレスを着た美しい女性は、ローズレイの小さな手を取り涙を流す。

優しい薔薇《ばら》の香りがした。

改めて辺《あた》りを見渡す。

不思議と彼らの名前は思い出すように理解出来た。

ローズレイの両親……父親のビスク・ヒューレッドと母親のリズレイだ。

ここにはいない兄のパルファン、ローズレイの四人家族が、国を支える三つの公爵家の一つ、ヒューレッド公爵………別名『真紅の薔薇《ばら》』である。

家紋も薔薇《ばら》の形をしており、みんな、髪色はバラバラだが、赤色が入っている。

なのにローズレイは、一人だけ白銀の髪に透《す》き通《とお》るような銀色の瞳を持っていた。

顔立ちは父親に似ていても、まるで別の家の子のように思えた。

「………お父さま、お母さま」

「ああ!　ローズレイッ……ほんとに良かった」

「……リズレイ、まだ意識が戻ったばかりだ。ゆっくり休ませた方がいいだろう。誰かリズレイを部屋へ」

ビスクが言うと、執事が涙するリズレイを宥《なだ》めながら部屋の外へと連れて行った。

「……ローズレイ、私は息が止まるかと思ったよ」

「………………」

「階段から足を滑《すべ》らせたそうだね、パルファンに聞いたよ……」

違う、パルファンに背を押されたのだ。

そして、階段に頭を強く打ち付けて意識を失い、昏睡《こんすい》状態に陥《おちい》った。

「お前に何かあったら……いや、本当に無事で良かった」

心配そうな父親の顔をローズレイは見つめていた。

ビスクがローズレイの手を取り、優しく握る。

左手に巻かれた包帯を見て、なんて細い腕なのだろうと改めて思った。

（今は九歳。ここから始まるのね……ローズは大丈夫かしら？　私の九歳はあまり良いものではなかったはずだけど……）

両親が事故で他界して、親戚中をたらい回しにされていた頃だろうか……？

お嬢様であるローズレイには刺激が強そうだが、ローズレイが住んでいた世界もなかなかに辛そうだ。

（実の兄に突き落とされるなんて……）

ローズレイの記憶は全て引き継いでいる。

とはいっても記憶はローズレイが〝以前〟歩んできた人生の記憶だ。

以前のローズレイはパルファンの言う通りに、足を滑《すべ》らせた事にして、何も言う事はなかった。

この頃のローズレイはすでに人生を諦めていた。

流れに身を任せて漂《ただよ》う海月《くらげ》のように、全てを投げ出していたのだ。

（ここからは私次第……そして私の人生だ）

彼女はこの場所に来る前、夢の中で〝ローズレイ〟に会った事を思い出していた。

息を飲むほどに美しい少女、それがローズレイ・ヒューレッドだった。

「だ、れ？」

『わたくしはローズレイ……ごめんなさい。わたくしが貴女《あなた》を巻き込んでしまったわ……』

ローズレイと目が合った。

銀色の瞳は透《す》き通《とお》っていて、とても綺麗《きれい》なのに瞳には生気がないように思えた。

まるで何かに絶望しているような……そんな冷たさを感じる。

ローズレイは、もう一度小さな声で〝本当にごめんなさい〟と呟いた。

スッと伸びた白銀の髪はシルクのようにサラサラで、顔立ちも人形のように整っている。

薄い唇から声が出ているのが不思議に思ってしまうほどだ。

瞬《まばた》きをするたびに長い睫毛《まつげ》が揺《ゆ》れ動く。

「ローズレイ、これは夢？　それとも現実なの……？」

『……残念ながら現実よ。貴女《あなた》は何らかの形で命を落としたのではないかしら？』

「――ッ!?」

ズキリとした頭痛と共に彼女は思い出す。

確か道路に飛び出した子供を庇《かば》って……

痛みと共に意識が飛んで、気付いた時にはここにいた。

「貴女《あなた》も……？」

『……そうね。そうなるわね』

ローズレイはとても悲しそうに微笑《ほほえ》んだ。

その笑みがあまりにも苦しそうで……胸が締めつけられた。

『貴女《あなた》、泣いてるの……？』

「……………え？」

『……大丈夫？』

「うん、ありがとう」

『…………わたくしはまだ、女神様に見捨てられていなかったようね』

どう見ても二人は同い年ぐらいなのに、ローズレイはとても大人びて見えた。

ローズレイは私を優しく抱き締めた。

気持ちは温かいはずなのに、腕はとてもひんやりしていて冷たかった。

『ねぇ、――野薔薇《のばら》……お願いがあるの』

野薔薇……それが、今ローズレイの体にいる彼女の元の名前だ。

ローズレイは、ゆっくりと今まで自分の身に起こった事を話してくれたのだ。そしてローズレイと野薔薇の人生を逆行させた上で入れ替わりたいと頼んできた。

それはとても長い時間のようにも、一瞬のようにも思えた。

『わたくしは自由が欲しい……何にも縛られず何にも囚《とら》われず……自由に歌って笑って、涙を流す……そんな日常に憧れているの』

「ローズレイ……大丈夫だよ。私の世界も大変だけれど、自由にはなれるわ」

『ふふ、もしそんな日が来るのなら……わたくしは世界一の幸せ者ね』

ローズレイは綺麗《きれい》に笑った。

「ローズレイは自由を手にして何をしたいの……?」

『自分の全てを変えたいの』

「自分を変える……それだけならローズレイの元の世界で逆行するだけで良いようにも思うけれど」

『罪悪感で押し潰されてしまうわ……。わたくしのせいで全て壊してしまった。後悔が今でも波のように押し寄せるの……もう少し、わたくしに勇気があれば……』

ローズレイの言葉と涙を見て彼女は、ローズレイの世界へと行く事にしたのだ。

ローズレイも新しい世界で、新しい自分を見つけたいと強く強く願っていた。

ローズレイと共に語り尽《つ》くしたあの時間は、お互いに元の自分の人生を振り返っていたのかもしれない。


あれから一週間、部屋から出してもらえなかった。

あるのはペンと紙、それに本の山だ。

ローズレイは一冊の歴史書を手に取った。

国民ならばみんなが知っているこの国……『シルヴィウス王国』の歴史が記されたものだ。

王族は銀色の獅子、三つの公爵家は色別に分けられている。

ヒューレッド家は真紅の薔薇《ばら》、ヴェーラー家は蒼い蝶、スピルサバル家は黄金の蛇。

そして〝銀色の月〟と呼ばれる女神の御伽話《おとぎばなし》である。

銀色の女神が怪我をして動けなくなった獅子を助け、力を与えた事で、獅子は人となり女神に仕《つか》えた。

獅子の忠誠心に、銀色の女神が褒美を与えた。

それが真紅の薔薇《ばら》、蒼い蝶、黄金の蛇だった。

女神と添《そ》い遂《と》げる為に、獅子は国を作った。

そうして出来た国がシルヴィウス王国なのだと伝えられていた。

その為、女神を深く信仰している教会と女神信者の存在は、国にとても大きな影響を与えている。

教会には銀色の女神の像や絵画があり、女神はローズレイにそっくりなのだそうだ。

ヒューレッド家には「女神様には是非とも教会に来て欲しい」「我々と共に教会へ来てください」と熱心な女神信者が毎日屋敷を訪ねてくるらしい。

それに女神とは正反対の意味合いで、広大な土地を支配する〝魔王〟の存在もこの国では大きかった。

銀色の獅子が怪我をしたのは魔王のせいだとも言われている。

本の中では女神と魔王の不仲についても語られているほどだ。

だから、今でもシルヴィウス王国では魔王を忌《い》み嫌い、魔族に対して、根強い差別があるのだと書かれている。

そんな歴史書を読んでいると、元いた自分の世界とは全く異なる場所に来たのだと思い知らされる。

ローズレイはベッドから降りて鏡の前に座り直す。

そして自分の姿を改めて確認する。

銀色でシルクのように滑らかな髪、何もかも見透《みす》かしてしまいそうな銀色の瞳……

幼さは残るが、ローズレイは本物の女神のように美しかった。

（………女神、ね）

ローズレイは〝女神の再来〟と呼ばれていた。

銀色は本来、この国の王家の色だ。

女神の色たる白銀に最も近い色。

その銀色を継げなければたとえ長子だとしても、王太子になれないのだと聞いた事があった。

今の王太子の兄は、髪が鈍色《にびいろ》だった為に王位を継ぐ事が出来なかったと……

それほどまでに色が重要視されているのだ。

ヒューレッド家にも王族の血が混じっている。

けれど、ここ最近は王族との繋がりはない。

そもそも、ヒューレッド家がいくら王族を迎えようとも、赤茶色の髪を持った子が生まれていた。

だから、この家から銀色の瞳と髪を持つ子供など生まれるはずがないのだ。

（……お人形さんみたい）

この世界では、髪や瞳の色が原色に近いほど力が強いと言われている。

父親のビスクの髪と瞳は、原色に近い綺麗《きれい》な赤だった。

それだけ魔法の力が強く身体能力が高い為、国王を守る王国騎士をしている。

リズレイは茶色に赤が混じった色。

兄であるパルファンはワインのような深い赤色。

そしてローズレイは白銀。

ローズレイが生まれた時は驚かれたが、この世界に住むものならば誰でも知っている事だ。

白銀は女神の生まれ変わり、それは国の宝だと。

そうしてローズレイは大切に育てられて、一度も公爵家の敷地から出た事がなかった。

(………まるで籠《かご》の中の鳥ね、窮屈《きゅうくつ》だわ)

ここ一週間で分かった事は、ローズレイに自由は一切ないという事だ。

リズレイは美しさにこだわり、ローズレイに完璧を求めていた。

常に侍女か執事、教育係が付ききっきりでローズレイの世話をしていた。

以前のローズレイは周囲や母親の要望に全て応《こた》えていた。

人生の全てを投げ出してしまうほどにローズレイは苦しんでいたのに……

自分を押し殺して完璧な娘を演じて、親の期待に応《こた》えようとしていた。

しかし、心はどんどんとすり減っていく。

そんな事とは露《つゆ》知らず、兄は両親の愛情を一身に受けるローズレイを妬《ねた》んでいた。

ヒューレッド家は代々騎士の家系だ。

嫡男であるパルファンは、父親であるビスクに厳しく鍛《きた》えられていた。

そうなれば、宝物のように大切にされるローズレイを見て、妬《ねた》みを抱《いだ》くのは仕方ない事かもしれない。


けれど、階段から突き落とすのはわけが違う。

当たりどころが悪ければ、間違いなく命を落としていた。

以前のローズレイは、兄の横暴な仕打ちに文句も言わず、ひたすら耐えていた。

しかし、今回は許す気はない。

これから忙しくなるというのに、いちいち邪魔されたら鬱陶《うっとう》しい。

命に関わる危険の芽は早めに潰しておきたかった。

それにローズレイの死には、兄であるパルファンも関わっている。

パルファンの学園での友人であり、この国の王太子であるランダルト・フォン・シルヴィウスと共に……


思い出すだけで怒りが込み上げてくる。

以前のローズレイは、十八歳の時に命を落とすと同時に、国も滅びる。

今のローズレイは九歳、パルファンは一つ上の十歳。

ローズレイがこの後王家の婚約者候補になり、十四歳の時に王子と初めて顔を合わせる。

そして十六歳の時には周囲に流されるまま、ランダルトと正式に婚約した。

ローズレイは王家に嫁《とつ》ぐ為に、王妃教育まで受ける羽目になり、更に自由がなくなった。

そんなローズレイに唯一、心配そうに声を掛《か》けていたのが、ランダルトの兄であるスタンカートだった。

ダメ王子と呼ばれていたスタンカートには、あまりいい噂はなかった。

普段の荒々しい言動にローズレイは怯《おび》えてばかりいたが、第三者として見れば、彼はローズレイの事を気遣っていたのではないだろうか。

しかし、ランダルトの婚約者になって良い事もあった。

定期的にランダルトと会う楽しみが出来たのだ。

初めて見る兄以外の同年代の男に、一目で恋に落ちたローズレイは、憂鬱《ゆううつ》だった婚約を喜んで受け入れた。

初めて生き甲斐を見つけたローズレイは、ランダルトとの時間をとても大切にしていた。

そして、ランダルトの為にと全てを捧《ささ》げてきた。

王妃教育の多忙さゆえにローズレイは通学を免除されていたが、ランダルトに会いたいという理由で十八歳の時から学園に通うほどだ。

ローズレイは嬉しくて堪《たま》らなかった。

全てが輝いて見えた。

……そう、あの時までは。

恋に浮かれていたローズレイに悲劇が起こる。

ランダルトは、いつの間にかスフィアという金色の髪をした可愛らしい少女に夢中になる。

ローズレイは、まるで眼中になかった。

今まで地道に積み上げてきた信頼や愛情を、全て横取りされた気分だった。

恋に浮かれていた自分が恥ずかしくなった。

それでも誰にも言わなかったのは、ランダルトを好《す》いていたからだ。

兄のパルファンをはじめ、ランダルトの周囲にいる男はみんなスフィアの虜《とりこ》になっていった。

ローズレイは悲しみに暮れたまま学園生活を過ごしていた。

今まで雁字搦《がんじがら》めな生活を送っていたローズレイには、何もする事が出来なかった。

ただただ、ランダルトが幸せそうにスフィアに微笑《ほほえ》むのを遠くから眺めていた。

それなのに……

「……スフィアを階段から突き落としたのは、お前だろう？」

「他にも嫌がらせをしたな？　性悪女め」

「はっ……このクズめ！　お前と血が繋がっていると思うと吐き気がする」

「女神などと言われているが……まるで貴様は悪魔だな」

次々に投げかけられる悲惨な言葉は聞くに堪えないものだった。

そして、スフィアを擁護《ようご》する声……

ローズレイは証拠もなくスフィアの証言だけで犯人に仕立て上げられた。

ローズレイは悲しみで一杯だった。

頭が真《ま》っ白《しろ》になって何も言葉が出てこなかった。

王太子に逆らえる者がいるわけもなく、ローズレイの味方はいなかった。

スフィアに縋《すが》るような視線を送る。

〝何故こんな嘘を……？〟と。

ローズレイの視線に気付いたのか、スフィアは怯《おび》えたようにランダルトに抱きついた。

ランダルトに肩を寄せ、手のひらで顔を覆《おお》うスフィアの真っ赤な唇は弧を描いていた。

そこでローズレイは全てを悟《さと》り、そして絶望した。

嵌《は》められたのだと気付いた時には、もう全てが遅すぎたのだ。

ローズレイの狭い狭い世界は一瞬で崩れ落ちていった。

努力も、我慢も、幸せの為に耐えてきた事も、全て無駄だったと気付いてしまったのだ。

存在を否定されて、ローズレイは目の前が真《ま》っ暗《くら》になった。

何より、何も出来ない自分が大嫌いになった。

そうして、一方的に婚約破棄を告げられたのだ。

汚名を被《かぶ》せられて家族にも迷惑を掛《か》けてしまった。

誰の声も聞こえなくなった。

誰も信頼出来なくなった。

そして、自《みずか》らの命を投げ捨てようとした。

そこから呪いが噴き出したのだ。

〝全て消えてしまえ〟

そう全てを呪って死を選ぼうとした瞬間、ローズレイの体は、もうローズレイのものではなくなった。

それと同時に空も、海も、森も、黒く染まってしまった。

ローズレイの体を媒体とした闇は、白銀の髪と瞳を真っ黒に染め上げた。

地獄の業火《ごうか》が、国中全てに広がり、焼き尽《つ》くす姿をローズレイはずっと闇に乗っ取られた体の中で見せられ続けた。

ローズレイは自分の行いを悔いた。

最後に見たのは全てが滅び崩れ落ちた国だったものだ。

後悔に蝕《むしば》まれながら蝋燭《ろうそく》のようにローズレイの意識が果てた。

そうして、死後の世界とでも言うべき場所で、女神の慈悲による逆行の提案を受けて、野薔薇とローズレイは出会い、記憶を共有して人生を交換する事にしたのである。

といっても、野薔薇も良い人生を送っていたわけではなかった。

両親には先立たれ、親戚中をたらい回しにされて施設に入った。

施設に馴染めず飛び出すようにそこから逃げ、住み込みのアルバイトをしながら学校に通っていた。

忙しい日々……だけど野薔薇は自由だった。

夢に向かって勉強している時は何もかもを忘れられた。

好きな時に好きな事が出来る。

それが幸せなのだと気付いたのは、ローズレイになってからだった。

ローズレイとなった今、生き延びる為にやる事は一つ。

「やられる前に………潰す」

外見は九歳の少女……けれど中身は十八歳だ。

持っている知識を最大限に使って迎え撃つ為の準備をする。

その為の計画を立てようと、紙とペンを取り出した。

一つ目は、兄のパルファンとの不仲を解消する事だ。

今はローズレイを目の敵《かたき》にしているが、ローズレイに危機が迫り、打開せねばならなくなった時に、せめて邪魔をしてこない関係性にはしておきたい。

これだけは至急の案件だ。

二つ目は、ランダルトの婚約者にならない事。

両親を取り込んで味方になってもらうのもいいだろう。一番良いのは関わらない事なので、それを目標に動いていこう。

そして三つ目は、身を守る為の力をつける事だ。

折角騎士の家系に生まれたのだから、これを活《い》かさない手はない。

そしてこの世界には魔法がある。

ローズレイが武術と魔法を極めれば、そう簡単に拘束《こうそく》される事はない。

逃げる事も考えて、ルートを考えておかなければ……

このままでは自分が国を破壊するなんて考えるだけで恐ろしい。

(何があっても絶望はしない。前向き、前向き！)

スフィアの対策はおいおい考えるとして、今はどうやってパルファンとの距離を詰《つ》めるかである。

パルファンはローズレイの側には寄らない。顔を合わせるのも食事の時だけだ。

ならばコチラから仕掛《か》けるしかないだろう……

(向こうの対応次第で、次の作戦を考えよう……)

そう決めて、さっそく夕食の時間に動いてみる事にした。

「……お父様」

「なんだい？　ローズレイ」

「お願いがあるのです」

「ほう……ローズレイがお願いをするなんて、初めてじゃないか」

父も母もパルファンですら驚いた顔を見せた。

ローズレイはとにかく静かで、自分からは何もアクションを起こさない。

言われるがまま、されるがまま……まるで本物の人形のようだと言われていた。

けれど、人形のローズレイは今日で終わりを迎える。

「……わたくしに稽古《けいこ》をつけてくださいませ」

「………は？」

「わたくしに剣の稽古《けいこ》を、とお願いしているのです。お父様」

ローズレイの言葉に場の空気が大きく変わった。

リズレイは顔面蒼白で今にも倒れそうである。

パルファンも目を見開いていた。

周囲の侍女や執事もざわつき、囁《ささや》き声が聞こえる。

そんな中で、ビスクだけは娘から目を離さなかった。

薔薇《ばら》のように真っ赤な瞳は、真っすぐにこちらを見つめていた。

「ローズちゃん、何馬鹿な事を言ってるの!?　貴女《あなた》は将来……」

「黙りなさい、リズレイ」

ビスクがリズレイの言葉を遮《さえぎ》る。改めてローズレイに向き合う。

「……理由を聞いてもいいかな？」

「はい、お父様」

真意を測るような視線にローズレイは応《こた》えるようにビスクを見た。

ビスクはローズレイの考えを見極めようとしている。

初めて口にするローズレイの願望に、真剣に耳を傾《かたむ》けてくれている。

「身を守りたいのです」

「ローズレイ、それならば護衛を雇《やと》えば……」

「いいえ、お父様。それではいつまで経っても自分の身は守れません」

「…………」

そう……いくら護衛がついていても、一人の時間なんていくらでもある。

そのたびに人任せにするなど考えられない。

「それに……」

「…………？」

「わたくし、足を滑《すべ》らせたのではなく……誰かに突き落とされましたの」

「……ッローズちゃん、それ本当なの⁉」

それまで口出ししないよう堪《こら》えていたリズレイが声を荒げた。

ビスクも驚いたように目を見開いた。

隣に控えていた執事のゼフが、ビスクの目配せを合図にサッと使用人を集めて出て行った。

「ローズレイ、詳しく話しなさい……」

隣からガチャン、と食器が擦《す》れる音がした。

「……あの日はよく晴れていました。わたくしの後ろに影が見えました。振り返ろうとした時に突き落とされたのです」

「顔は見たのかい？ 服の色は……？」

「……………いいえ、見ておりません」

「貴方……！ 今すぐローズちゃんを突き落とした犯人を捜しましょう！」

「…………。あぁ、そうだな」

「………っ」

リズレイの尋問のような質問は夕食中も続いた。

ビスクは一旦席を外し、ローズレイに食事が終わり次第、部屋に来るように言った。

ローズレイは淡々と食事を口に運ぶ。

隣から怒りを孕《はら》んだ鋭い視線が送られてくる。

さて、パルファンはどう動くだろうか……

夕食後、自分の部屋に戻ってから一息つき、ビスクの部屋に向かおうと準備していると、ドンドンと乱暴に扉を叩く音が聞こえた。

「……お嬢様、ここでお待ちくださいませ」

そう言うと、侍女のユーアが扉を開いた。

しばらく待つも、彼女は戻ってこない。

扉の先からは言い争う声が聞こえてくる。

徐々に声は大きくなり、その後にゴツンという鈍《にぶ》い音を聞いて、ベッドに座っていたローズレイは、ユーアのいる扉の方へ駆け足で向かった。

ユーアの前にはふてぶてしく立ち塞《ふさ》がるパルファンがいた。

怒りで興奮しているようだ。

「ローズレイに話があるって言ってんのに俺の邪魔するなッ‼」

ローズレイは床に倒れ込むユーアに駆け寄り肩を抱く。

「……ユーア、ユーア⁉　大丈夫⁉」

「……っ、お嬢様……お部屋の奥へ」

「ローズレイ、さっきはどういうつもりだ」

「怪我をしたのね……！　今すぐ人を呼ぶわ」

「……ローズレイッ！　聞いているのか‼」

ユーアの腕が少し赤くなっていた。

部屋中に響き渡る声を無視して、何か冷やすものがないかとキョロキョロと辺《あた》りを見回す。

人を呼ぼうと廊下へと出るが誰もいない。

「……何だ！　その態度はッ‼」

無視し続けたせいか、パルファンは激昂した。

ローズレイの肩を掴《つか》み、壁に押し付けると荒々しく声を上げる。

ローズレイは鋭くパルファンを睨《にら》みつけた。

「テメェッ……どういうつもりだ」

「お兄様こそ……どういうおつもりですか？」

兄の手を振り払い、床に崩れ落ちているユーアの手を取る。

「俺の話を……！」

「……人に怪我をさせても平気な顔でいる男の話など、聞くに値しませんわ」

——パシッ‼

頬に痛みが走るのと同時に、ユーアが声を上げた。

あまりの勢いにローズレイの髪が大きく揺《ゆ》れ、床に倒れ込む。

「いきなり何なんだよッ！　っ言いつけやがって！」

「………なんの事です？」

「……ッ、それは……！　だから……」

口籠《ごも》るパルファンは言い訳を並べるのに必死だが、その態度では自分が犯人だと言っているようなものではないか。

パルファンは感情に任せて、ローズレイに暴言を浴びせ、言う事を聞かなければ暴力で捻《ね》じ伏せようとしている。

どんな時にも冷静でいなければならない騎士にとってはマイナスポイントだろう。

ユーアの瞳が心配そうに揺《ゆ》れ動いたが、実はここまではローズレイの作戦通りだ。

ローズレイは階段から落とされた時に、しっかりと顔を見ていた。

パルファンと目と目が合った記憶が残っている。

敢《あ》えて、その事を言わなかったのはパルファンを煽《あお》る為だ。

そして、まんまと煽《あお》られたパルファンは、ローズレイの部屋に突撃してきたわけだが……

(あまりにも酷いのでは……？)

以前のローズレイはよく耐えられたな、と感心してしまう。

「……と、とにかく！　これ以上何か言ってみろ？　ただじゃおかないからな‼」

「ほう……どうするというんだ？」

「ッ⁉」

「………お父様」

「まぁ、こんな事だろうと思っていたよ。ゼフ、ユーアを医務室へ」

「かしこまりました」

ビスクは手際《てぎわ》良く指示を出して、同時にローズレイを起こして抱《だ》き抱《かか》える。

ユーアはゼフに連れられながらも、心配そうに此方《こちら》を見ていた。

そんなユーアに大丈夫だという意味を込めて微笑《ほほえ》むと、目を見開いたユーアは安心したように笑みを浮かべてから廊下を歩いて行った。

ローズレイが信頼を寄せるユーアは、ランダルトに恋をするまで一番大切な人だった。

「……これは、その……！」

ビスクは厳しい目をパルファンに向ける。

「身を守りたいとはこういう事か………ならば宜《よろ》しい。許可しよう」

「……いいのですか⁉　お父様、ありがとうございます」

「パルファン、言い訳があるなら聞くが……？」

「………ッ」

ビスクは冷たく言い放つ。

パルファンは手をギュッと握りしめて涙を堪《こら》えていた。

そのまま三人はローズレイの部屋へと入り、ビスクが扉を閉める。

「パルファン」

「…………はい」

「ローズレイに言う事はないのか？」

パルファンはローズレイを睨《にら》み続けている。

「…………ッありません」

「そうか、ならローズレイの赤くなった頬はなんだ」

「…………っ」

「話にならんな……」

ジンジンと痛む頬にビスクの大きな手のひらが覆《おお》いかぶさる。

冷たい手は、熱を持った頬を冷やすのにぴったりだった。

「ローズレイ」

「……はい」

「パルファンに何か言う事はあるかい？」

「…………何もありませんわ。強《し》いて言うならば、ユーアへの謝罪を要求致します」

「だそうだが……パルファン、お前はどうする？」

「…………謝罪しに、向かいます」

「そうか」

ビスクはローズレイの髪の毛で遊びながら答える。

「なら下がっていいぞ、しばらくローズレイに接触する事を固く禁ずる。そして私の許可が出るまで剣術の稽古《けいこ》はなしだ」

「…………っ！　父上それはッ！」

キャンキャンと必死に弁解を繰り返すパルファンは、いつの間にか戻って来たゼフに引き摺《ず》られるようにして部屋から出て行った。

聞けば、ゼフは食事後に一向に部屋に来ないローズレイの様子を見にきたのだという。

そして、パルファンの言葉を聞いて、全て察してくれたようだった。

「…………すまないね。ローズレイを危ない目に遭わせてしまったようだ」

「いいのです。お父様のせいではありませんので」

「それでも私はお前を守る義務がある。体を鍛《きた》えたところで一人で対応出来ない事もあるだろう。困った事があれば相談しなさい」

「ありがとうございます」

ビスクは真っ赤な髪を揺《ゆ》らして嬉しそうに微笑《ほほえ》む。

ビスクとこんなに沢山話したのは、今日が初めてだった。

緊張が解けたローズレイは、ホッと息を吐き出した。

ビスクと他愛のない話をしながら、ローズレイはいつの間にか眠ってしまった。

＊　＊　＊

あれから五年経ち、ローズレイは十四歳になった。

あの日以降、パルファンからの嫌がらせはピタリとなくなっている。

そもそもパルファンは十二歳の時、寮付きの王立学園へと入学した為、顔を合わせる事が一切なくなったのだ。

王立学園には中等部と高等部があり、中等部は十二歳～十六歳、高等部は十七歳～十九歳までだ。

卒業後は家を継いだり、結婚したりする貴族の子供達にとっては、学園は自由でいられる最後の時間だった。

ローズレイも十二歳の頃に、学園に入学したいと頼んだが、即却下されてしまった。

さすがに五年も屋敷で生活していると飽きてしまう。

学園に通えなくても自分に出来る事をしようと、ローズレイは五年間、勉学に励み、身を守る術を教わっていた。

初めは普通の剣で訓練しようとしたが、剣が重たくて持てないので、短剣を使う護身術が中心となり、ローズレイは護身術にのめり込んだ。

リズレイは、毎回ローズレイが怪我をしないかとハンカチを握りしめながらウロウロしていた。

ローズレイが怪我をしようものなら倒れ込むので、常に侍女が背後に二人待機していたほどだ。

ある程度短剣を扱えるようになると、魔法の訓練を始めた。

教えてもらうのは、スタンガンのように小さな電流を相手の体に流し込む魔法や、風で痺《しび》れ毒を吸わせるといった実用的すぎる魔法ばかりだった。

ローズレイは毎日、楽しくて仕方なかった。

以前のローズレイは部屋に篭《こも》りきりだったが、今では沢山の人達と関わり、体を動かして、笑顔もどんどん増えていった。

そんな充実したある日、ローズレイは庭で、部屋に飾る花を摘《つ》んでいた。

庭師と話をしながら綺麗《きれい》な花を見る事が、ローズレイの楽しみであり日課だった。

「………君が〝銀色の女神〟？」

知らない声が聞こえて振り返れば、そこには二人の男が立っていた。

一人はパルファン、もう一人は……

「僕はランダルト・フォン・シルヴィウス……はじめまして、美しい女神様」

この国の王太子、ランダルト・フォン・シルヴィウス。

ローズレイが一番関わりたくない人物である。

（………お父様とお母様、仕組んだわね）

数ケ月前、両親とお茶をしていた時まで話は遡《さかのぼ》る。

リズレイが嬉しそうにランダルトとの縁談を持ってきた。

ローズレイは断固として拒否したのだが、やはり王家からの申し出を断りきれなかったのだろう。

三大公爵家には、王太子であるランダルトと歳の近い娘が三人いる。

その中でも白銀の髪と瞳を持つローズレイが一番の候補と言われていた。

そして、ランダルトの隣には久しぶりに間近で見る兄の姿……

「……はじめまして、ランダルト殿下。わたくしはビスク・ヒューレッドが娘……ローズレイ・ヒューレッドにございます」

「……あぁ、そんな堅苦しくしないで。今日は友人の家に遊びに来たのだから」

「…………左様《さよう》ですか」

その言葉が嘘ではないと示すように、パルファンもランダルトも軽装だ。

遊びに来たのなら、わざわざ庭になど寄らないはず。

一切社交の場に顔を出さず、顔合わせすら断り続けるローズレイの様子を見てこいと言われた……そんなところだろう。

さしてローズレイに興味もなさそうだ。

「……では、わたくしはこれで失礼致します」

「一緒にお茶でもいかがかな？　美しい君と、もう少し話がしたいんだ」

接着剤でペッタリと貼り付けたような笑みと蕁麻疹《じんましん》が出てしまいそうな歯が浮くようなセリフ……

ローズレイをあっさり捨てて婚約破棄した男が今、目の前にいる。

「お気遣いありがとうございます。わたくしには話す事はございません……もう宜《よろ》しいでしょうか？　急いでおりますので失礼します」

「ははっ、これは手厳しいね」

堅苦しくしないで、と言ったランダルトの言葉通り、兄の友達として接する。

公式の場だったら断るという選択肢はないが、兄の友達ならば誘いを断って良いと判断したのだ。

十五歳にしては、大人びて見えるランダルト。

この歳で、これだけ言葉が巧《たく》みならば、女性を口説くのに苦労しないだろう。

ローズレイは花籠《はなかご》を持って立ち上がり、綺麗《きれい》にお辞儀して、その場を去った。


ローズレイの籠《かご》からパサリと紅《あか》い薔薇《ばら》が落ちた。

それを拾い上げたランダルトは薔薇《ばら》の茎《くき》をクルクルと回す。

背後からパルファンがランダルトに声を掛《か》けた。

「……………妹が失礼を」

「いや、いいよ……突然来訪したのは此方《こちら》だからね。御令嬢は色々と大変なのだろう……？」

「…………はい」

「元気がないね、あんなに美しい妹がいるのに」

「……いえ」

昔のパルファンならば「うるせぇ」と一言で済ませていただろう。

しかし、パルファンの性格や言動は、ある日を境に随分《ずいぶん》と変わったようだ。

行きすぎると感情的になり手がつけられないようなところがあったが、五年ほど前から場を弁《わきま》えるようになったのだ。

それに剣術だけ極めればいい、という考え方も捨てたようで、勉学やマナーにも真剣に取り組む姿を見て、中身が入れ替わってしまったのか……と周囲が疑ったほどだ。

何かきっかけがあったのか……と不思議だったが、パルファンの態度を見る限り、妹のローズレイに関わる事のようだ。

再会の場で、パルファンとローズレイの視線が交《まじ》わる事は一度もなかった。

「これでは父上に報告出来ないなぁ……」

「……!!」

「パルファン……どうにかしてくれないか？」

「…………」

「パルファン」

「…………分かった」

「……ありがとう、先にお茶を頂いてるよ」

複雑な表情を浮かべるパルファンに、ランダルトは笑みを深めた。

友人の新たな一面も見れたので、これで帰ってもいいのだが、面倒くさい事に父親からそろそろ婚約者を決めろと言われている。

〝三大公爵家の令嬢の誰か〟という条件付きだ。

母親から最も勧《すす》められているのは、ヴェーラー家の御令嬢、サラだ。

どこか掴《つか》みどころがなくヒラヒラと舞う蝶のような女性だった。

宰相の娘だけあり、知識が豊富で教養もある。

けれど口数が少なく、社交性が足りない……故《ゆえ》に退屈だった。

歳はランダルトより二つ上の十七歳で、ランダルトにはどうも物足りなく感じてしまう。

スピルサバル家の御令嬢、ルーナルアは明るく快活で計算高い女性だった。

父親は様々な店を経営し、商品を通じて他国とも外交する国家間のパイプのような役割を担い、経済を回している。

隙あらば自《みずか》らをアピールして、よく喋るので一緒にいると疲れてしまう。

歳はランダルトと同じだ。

両令嬢とも、とても美しく聡明だが、ランダルトはいまいちピンとこなかった。

そして父親に言われて、仕方なくヒューレッド家の令嬢に会いに来たわけだが、何故か分からないが会って早々に拒否されてしまった。

いつもはランダルトがお茶に誘えば、どんな女性でも喜んで付いて来た。

逆に、ここまで拒否されると、どうしてだろうと気になってしまう。

顔合わせを早く終わらせたくて、強引に誘ってみるものの、あっさりと断られてしまった。

ランダルトはローズレイが落としていった薔薇《ばら》の花弁を優しく撫でた。

社交界では有名な話だ。

赤薔薇《ばら》リズレイの娘……銀色の女神、女神の再来、様々な呼び名があるが、誰もローズレイの姿を見た事がなかった。

赤騎士ビスクが溺愛していると有名だが、一目姿を見ようと話を持ちかけても、誰も御目通《おめどお》りが叶わなかった。

ランダルトも国王である父に似て、綺麗《きれい》な銀髪を受け継いだ。

ランダルトには兄が一人と妹が一人いるが、兄の髪が鈍色《にびいろ》だという理由だけで、ランダルトが王位を受け継ぐ事になったのだ。

ローズレイの銀の髪は限りなく白に近い白銀……

とても同じ人間とは思えぬほどに美しかった。

着飾らなくてもこの美しさなのだから、社交界に出たらリズレイと並んで会場中の目を奪うだろう……

パルファンを脅《おど》すような形になってしまったが、ランダルトはどうしてもローズレイと話をしてみたかった。

(…………どうしたら此方《こちら》に興味を持ってくれるのだろう)

ランダルトの興味を引いてしまったとも気付かずに、ローズレイは早歩きで廊下を歩いていた。

折角の良い気分は台無しだった。

早く部屋に戻りたいと足を進めていた時の事だ。

「ローズレイ」

名前を呼ばれて仕方なく足を止めた。

溜息《ためいき》をついて振り向くと、少し離れたところに気まずそうに俯《うつむ》いたパルファンが立っていた。

ワインレッドの髪は伸びて、綺麗《きれい》に整えられていた。

服装もキッチリしていて清潔感がある。

大きくなった背と鍛《きた》えて逞《たくま》しくなった体……以前のローズレイの記憶にあるパルファンとは大分違うように思えた。

ローズレイは反射的に、ガーターベルトで足にくくり付けてある折り畳《たた》みナイフに手を伸ばす。

「……鍛《きた》えてるという話は本当のようだな」

「…………」

ローズレイは黙ってパルファンを見た。

真意が分からない以上、警戒は怠《おこた》らない。

黙ったままやられっぱなしのローズレイはもういない。

返り討《う》ちにしてやる……ギュッと手のひらに力が篭《こも》る。

「殿下が、お前とお茶をしたいそうだ」

「…………」

「一緒に来てはくれないか？」

戦闘態勢だったローズレイは、パルファンの表情をまじまじと見る。

別人のようなパルファンが、普通に……至《いた》って普通にローズレイに話しかけている。

それだけでも驚きではあるが、ランダルトとお茶をしたいかと言われたら、勿論答えはノーだ。

「お断り致します」

「……………」

「わたくしは殿下と関わりたくありませんし、婚約者には絶対に、なりたくありません」

「……お前の気持ちは分かった」

「ならば、そのようにお伝えくださいませ」

パルファンは腕を組んで壁にもたれかかる。

そして俯《うつむ》いていた顔を上げ、真っ直ぐにローズレイを見た。

「父上と母上を困らせる気か……？」

「……………」

「今、ランダルトの機嫌を損《そこ》ねたくない。それに逃げられなくなる前に折り合いをつけて従った方が身の為だぞ」

正論……確かにパルファンの言う通りだった。

このままローズレイが拒否し続ければ、両親に迷惑を掛《か》けてしまうだろう。

それに家名に泥を塗る事にも繋がる。

「婚約者になれと言っているわけじゃない。関わりたくないのなら本人にそう言えばいい」

「……!?」

「今は俺の友人だからな」

目の前にいる男は、本当にパルファン・ヒューレッドだろうか……？

ゆっくりとローズレイに近づいてくるパルファンから目が離せなかった。

身構える事も忘れて、ローズレイはパルファンを見上げる。

パルファンは、そっと跪《ひざまず》くとローズレイの手を取った。

「……以前は、すまなかった」

「…………え？」

「おかげで目が覚めた、今ではランダルトの側近として側にいるんだ」

「そう、ですか……」

「本当に申し訳なかった……」

「……」

「……」

「えっと……はい」

真剣な顔でパルファンは頭を下げてから、スッと立ち上がると、驚きすぎて固まっているローズレイに微笑《ほほえ》みかける。

「綺麗《きれい》になったな、ローズレイ」

ボボっと顔が赤くなるのを感じて、ローズレイはパルファンに握られて手を振り払い、両手で頬を押さえてクルリと背を向ける。

「……ローズレイ？」

「お兄様」

「いきなりデレないでください」

「……？」

「……デレ？　それはなんだ」

少し大人びた兄に以前の横暴さはまるでなかった。

ローズレイは深呼吸をしてから咳《せき》払いをする。

表情を戻してからパルファンへと向き直る。

「………我儘《わがまま》を言って申し訳ありません……行きます」

パルファンは「えらいな」と言ってローズレイの頭を優しく撫でた。

そしてパルファンとの会話は、信じられないくらいよく弾《はず》んだ。

今度帰った時に手合わせをしよう、街に美味《おい》しいお菓子がある……何気《なにげ》ない話だったが、普通に会話が成立していた。

こんな風にパルファンと話したのは初めてではないだろうか。

五年前にぶっ潰そうとしていたパルファンと、一瞬で距離が縮まったようだ。

完全に信頼しているわけではないが、嘘をついている様子もない。

ローズレイに対する敵意は全く感じなかった。

何より、五年越しのパルファンからの誠意の篭《こも》った謝罪は胸に響いた。

けれど、気の進まないお茶会の場に一歩、また一歩と近づいて行く。

「わたくし、お兄様が羨《うらや》ましいわ」

「…………何故だ？」

「その足で何処《どこ》にでも行けて、好きに学ぶ事が出来て、新しい世界を見れるのでしょう……？　わたくしは、まだここから出た事もないのに…………お兄様は何でも手に入れられるのよ？　本当に羨《うらや》ましい……」

「…………それは」

「護身術も身に付けましたのに……お父様とお母様には〝まだ外に出てはいけない〟と言われて……」

「そうか…………そう、だったのか……」

パルファンは神妙な面持ちで、納得したように頷いた。

「……俺もお前が羨《うらや》ましかったんだ。両親から愛情を一身に受けて宝物のように大切にされていたお前が……」

「…………お兄様」

「お前も苦しかったんだな……今日、ここに来て良かった。胸につかえていたものが取れた気がする」

晴れやかな気持ちだ、とパルファンは続けた。

コツコツとブーツの音が廊下に響く。

「父上に許可を取らねばな」

「……何の許可ですか？」

「お前の側にいてもいいという許可だ」

「そんなものいりませんわ……また階段から突き落とされるのなら話は別ですが」

「おいおいローズレイ、悪い冗談はよしてくれ」

「ふふ、もう簡単には突き落とされませんわよ？」

ローズレイが笑みを浮かべると、パルファンはひらひらと両手を上げた。

そんな軽口を叩く間にも、ランダルトの待つ場所への距離が近づいていく。

「くれぐれも失礼のないようにな」

「………分かっています」

「しかし何故、婚約者になりたくないんだ？　この国に住む者ならば一度は望む事だろう？」

王太子と結婚して王妃になる。

どの令嬢も一度は夢見る事だ。

だからこそ、それを拒否するローズレイに違和感を覚えるのだろう。

しかし、この先の未来が分かっているローズレイからしてみれば、スフィアが絡む恋愛事情に巻き込まれたくはないし、闇に飲まれて国を失いたくもない。

ランダルトがスフィアを好きになる事が分かっているのに、婚約してわざわざ振られるなんてごめんである。

入れ替わって二度目の人生、自分の幸せを掴《つか》む為に頑張りたい。

だからこそ、ランダルトとの婚約は何としても避けたかった。

「…………わたくし、愛のない殿方との結婚より、お父様とお母様のように愛に溢れた結婚をしたいのです」

前の世界では、生きるために必死で恋をしている暇がなかった。

せっかく新しいチャンスを貰《もら》えたのだ。

お互いを尊重出来るような素晴らしい恋愛をしてみたい。

「待て、ローズレイ！」

何故だか兄が急に慌て出したが、止める気はない。

「あの貼り付けたような笑みが嫌なのです！　あの顔見まして？　わたくしに全く興味なんてありませんわ……！」

冷静に見れば分かる事だ。

恋に浮かれた以前のローズレイには分からなかったのかもしれないが、嘘くさい笑顔、上辺《うわべ》だけの優しさ。

ローズレイの事など何一つ見ていない。

「おい……！」

そう話すローズレイの後ろを見て、焦ったような声を出すパルファン。

なんだろうと疑問に思い、振り向くと……

「…………そんな事は、ないと思うけどね」

いつの間にか背後にいるランダルトに、ローズレイは目を見開いた。

「いつまでも来ないから迎えに来たんだけど、面白い話が聞こえてね……」

「……すまない、ランダルト」

「パルファン、君の妹は随分《ずいぶん》と面白い御令嬢のようだね」

「殿下に褒められるなんて光栄ですわ」

「はぁ……」

パルファンが溜息を吐《つ》いた。

失礼のないように……と、先程言ったばかりなのにコレでは、兄としてはそういう反応にもなるだろう。

ローズレイとしてはとにかく、婚約者にならない事が目標である。

なので、この先ランダルトに嫌われようが構わない。

それなのに、ランダルトは怒りもせずに笑顔でローズレイを見ていた。

「お茶会の続きといこうか。ねぇ……？　パルファン、ローズレイ」

そんなランダルトの一言で始まった嵐のようなお茶会は、なんとか無事に終わった。

ご機嫌なランダルトと胃を押さえていたパルファンを見送った後、庭で摘《つ》み取った花を花瓶に生けながら、ローズレイは何度目か分からない溜息《ためいき》を吐《つ》いた。

ランダルトがここまで強引に食らいついてくるのは予想外だった。

それに、ローズレイの記憶にあるランダルトとは反応が違っていた。

以前は家の取り決めで婚約したので、関係はアッサリとしたものだったのだ。

パルファンに変化があったから、側にいるランダルトの性格も少し変わったという事も考えられるが、ここまでローズレイに対しての態度が変わるものだろうか？

（………分からない）

それにローズレイは、王太子の婚約者になったからこそ外に出る事を許された。

けれど、婚約するつもりは毛頭ないので、いつ外に出られるかは分からない。

公爵家の庭は広大で、散歩するにしても十五分以上は掛《か》かってしまう。

それにずっと同じ景色を見続けるのは退屈だ。

これからもずっと屋敷にいたいかと問われれば、答えはノーだ。

それに何かあった時の為に外の世界を知っておきたい。

ローズレイはすぐにビスクの部屋へと駆け出した。

「外に行きたい……？」

「はい、お父様。わたくしもみんなのように街にお出かけしてみたいのです」

「………どうしようね」

「お願いします」

「外、か……」

ローズレイも強くなった。

初めてのお出かけには良い時期だろう。

真剣な顔のビスクに違和感を募《つの》らせながらも、ローズレイは外に行きたいと強く訴えた。

ローズレイの予想に反して、ビスクは難しい顔をしている。

眉間のシワを更に深めて、何かを考えているようだった。

「ゼフ……リズレイは？」

「ご婦人方とサロンで過ごされております」

「終わり次第、この件を伝えよ」

「かしこまりました」

ゼフは音もなく現れて、音もなく去って行く。

ローズレイは、いくら鍛《きた》えてもゼフのように気配を消す事は出来ない。

「いいな……わたくしもゼフのような人が欲しい……」

心の声がポロリと漏《も》れた。

ゼフのように、強くて仕事が出来る人が側にいてくれたら……と思ったのだ。

執事や侍女ではなく、単純にローズレイを支えてくれる味方が欲しいのかもしれない。

しかし、ローズレイは大切な事を忘れていた。

父の前で無闇に〝欲しい〟と言ってはいけない事を……

——チリンチリン!!

ビスクが鳴らした激しいベルの音と共に、屋敷で働く者達が集合する。

その異常な光景に、ローズレイは瞬《まばた》きをパチパチと繰り返す事しか出来なかった。

ここ最近はなかったので失念していたが、ローズレイの〝欲しい〟をビスクは見逃さない。

普段から何も欲しがらないからと、隙があればローズレイを甘やかそうと全力を尽《つ》くすビスク。

その恐ろしさを改めて知る事になろうとは……！

「お、お父さま………」

「今すぐローズレイと歳も近く、武術に長《た》けて、知識と教養がある子供を探してくれっ！」

前のローズレイは、ビスクと特に深く関わる事はなかったからか、どんな時も冷静で何を考えているか分からない父親、という印象しかなかったようだ。

しかし……今のビスクはどうだろうか。

何故か年々ローズレイを甘やかすようになっている。

恥ずかしいやら、皆に申し訳ないやらで、ローズレイは手のひらで顔を覆《おお》う。

それに以前とは違い、リズレイの過干渉もビスクが間に入ってくれるおかげで、負担は軽くなっていた。

もちろん、ローズレイも出来る範囲でリズレイの期待に応《こた》えるようにしているが、出来ない事は出来ないと伝えている。

だから心の余裕もあるし、楽しんで毎日を過ごしている。

「そんな事より、お父様！　外の話ですっ……！」

これ以上、屋敷のみんなに迷惑をかける前に止めなければならない。

ローズレイは焦りながら話を逸《そ》らそうと必死になる。

「出来れば、お父様かお母様とお出かけしたいのですが……」

忙しいビスクとリズレイに頼むのは気が引けるが、初めての外出なので不安な事も多い。

「もしお父様が多忙であれば、ゼフをお借りしたいのです」

「娘とお出かけ……あぁ、なんて素敵なんだろう………」

「あの、お父様……？」

完全に思考は何処《どこ》かへ行ってしまったようだ。

そしてバンっと扉が開き、大きな音と共にリズレイが入ってきた。

「ローズちゃん！　外に行きたいんですって⁉」

「……お母様⁉　お客様は……」

「それどころじゃないわ！　服を用意して、それに新しい靴もッ‼　馬車と、それから……ユーア！　ユーアはいないのっ⁉」

「はい、奥様！」

「こちらに来て頂戴《ちょうだい》‼　ローズちゃんのサイズを教えてっ」

「ゼフ！　今すぐ第一騎士団に連絡を取れッ‼」

「………………」

初めてのお出かけは前途多難のようである。

ビスクとリズレイが何故こんなに過保護になってしまったのかは不明だが、ローズレイだって、もう十四歳だ。

街に行くだけで新しい服を作るなんて大袈裟《おおげさ》である。

確かに、家から出た事がないので他所《よそ》行きの服は持ってはいないが……

結局、その日のうちにヒューレッド家御用達《ごようたし》のデザイナーを呼び、リズレイは心底嬉しそうにローズレイの服を選んでいた。

出来上がったワンピースは薄い水色で、リズレイの好みがたっぷりと盛り込まれていた。

シンプルなデザインだが、所々にフリルやレースが施されていてあり可愛らしい。

腰元を引き締《し》めるリボンは、背中で綺麗《きれい》に纏《まと》められて、同じ素材のリボンの髪飾りが、統一感を出していた。

髪はふわふわに巻き、ツインテールにしている。

しかし、これでは目立ちすぎてしまう事に気付いたビスクによって、顔も髪も全て隠す事になった。

その時のリズレイは、この世の終わりのような顔をしていた。

ヒューレッド領の中でも一番大きな街へ行く事となり、ローズレイはリズレイに手を振って、初めて屋敷を出た。

馬車に揺《ゆ》られながら、窓から外の景色を眺める。

ヨーロッパのような街並みに、見た事のない建物、そして沢山の人。

ローズレイはビスクにエスコートされながら馬車を降りた。

ビスクと手を繋ぎながら歩いていく。

大きめの帽子に髪の毛を仕舞《しま》い込み、念には念をと眼鏡をかけた。

後ろからは大勢の護衛が一定の距離を空けて付いて来る……

『娘の初めてのお出かけに付き添えないなら騎士団を辞める』

そう言って休みを無理矢理もぎ取ったビスクは、今まで見た事がないくらいにご機嫌である。

真っ赤な髪と瞳を隠す為に、ローズレイと同じ格好をしている。

眼鏡までお揃いだ。

ローズレイは見た事のない野菜や果物に目を輝かせた。

素晴らしい景色は目を楽しませてくれる。

初めて感じる街の空気にローズレイは、はしゃいでいた。

「お父様！　わたくし、あれが見てみたいですわ！　あちらに行きましょう」

「ローズ、もう少し砕《くだ》けた言葉で話しなさい。ここは街だよ」

「うっ……わ、分かったわ」

ローズレイが大きな声を出したせいで周りからの視線が痛い。

急いでその場を離れてから、可愛い雑貨屋を見つけて店へと入る。

それから、お菓子を売っている路面店、ビスクが贔屓《ひいき》にしている武器屋と色んなお店を回っていたのだが、突然「助けてー！」と悲鳴が聞こえた。

「ローズ！　ここでしばらく待ってられるか？」

「もちろんです！　お父様、お気をつけて」

「……すまない」

ビスクが叫び声のした方へと向かう。

ローズレイは花壇《かだん》に腰掛け、先程買ってもらったお菓子を頬張《ほおば》った。

視線を感じて辺《あた》りを見回せば、遠くから護衛がじっとローズレイを見つめている。

ローズレイが思わず苦笑いをして、いつもとは違う景色を楽しんでいた時だった。

——ガンッ!!

「………ゴホッ」

突然の音に驚いて後ろを振り返ると、狭くて暗い路地裏に、ボロボロになっている黒髪の少年が倒れていた。

ゴホゴホと激しく咳《せ》き込み、吐血している。

「……大丈夫ッ!?」

ローズレイは少年に駆け寄り、ポシェットからハンカチを出す。

そして、身体を起こそうと手を伸ばした時だった……

「……ッ、触るな!!」

バチンと手を弾《はじ》かれて、その拍子にハラリとローズレイの帽子が落ちる。

尻餅をついたローズレイは、急いで帽子をかぶり直すが、目の前の相手にはしっかり見られてしまった。

「………女神」

少年は目を見開いて、呆然とそう呟いた。

「違うわ」

「王族か……？」

「違う！」

「……ふん」

黒髪の少年は、手の甲で口元の血を拭《ぬぐ》いながらヨロヨロと立ち上がった。

「どこに、行くの？」

「………さぁな」

「怪我をしているの？」

「お前に、関係ねぇ……」

ガリガリに痩せた細い腕に青白い肌……それに酷い怪我をしているようだ。

何処《どこ》かに逃げようとしているのか壁伝《づた》いに歩いて行くが、力が抜けて膝から崩れ落ちてしまった。

口元からポタポタと滴《したた》る血が、痛々しくて見ていられない。

ローズレイはグッと手を握りしめた。

「ねぇ、何があったの……？　怪我もしてるし、手当てをした方がいいわ。わたくしの家に来ない？」

「お前……何を言ってるのか、わかってんのか？」

「………？　もちろんわかってるわ」

「わかってねぇッ!!」

怒鳴り声を上げた少年は咳《せ》き込んで倒れ込む。

「ゲボっ、俺は黒髪だぞ……」

「ええ、そうね……？」

確かに目の前にいる少年は黒髪だ。

ローズレイにとってはゼフと同じ色、という認識である。

長い前髪で瞳の色は分からなかったが、そちらもゼフと同じ黒なのだろうか。

「は……？」

「え……？」

しばらくの沈黙。

肩で息をして、苦しそうに顔を歪《ゆが》める少年を見ていると気が気ではない。

それにローズレイには、少年の言葉の真意が全く分からない。

「どこかに売り飛ばす気か……？」

「貴方を……？　何故売り飛ばすの？」

「そうやって優しい顔して力を奪い取るんだろう……」

「……？　なんの力を奪うの……？」

「はっ……何も知らない箱入りのお嬢様かよ………」

馬鹿にしたように少年は笑いながら、ゆっくりと目蓋《まぶた》が落ちていく。

そのまま壁にずるずると寄りかかり、パタリと倒れ込んでしまった。

意識を失った少年を助けたくて、護衛に声を掛《か》ける。

戻って来たビスクは、路地裏で少年を支えているローズレイを見てひどく驚いた顔をしていた。

ローズレイが家に連れて帰りたいと言うと、ビスクはしばらく考え込んだ後に小さく頷いた。


家に着くと、ローズレイの血が飛び散ったワンピースと、傷だらけの少年を抱えてきたビスクを見るなり、心配で玄関をウロウロしていたリズレイはその場に倒れ込んだ。

いつものように、後ろに控えていた侍女二人がリズレイを支える。

「お嬢様ッ！　お怪我はございませんか？」

「ユーア、わたくしは大丈夫よ……。それより、この子を医者に診てもらいたいのだけど……」

「…………黒髪」

「黒髪？　それって……」

〝黒髪〟についてユーアに聞こうとローズレイが口を開いた時だった。

「ローズレイ、大切な話があるから後で来なさい」

「はい、お父様……」

ユーアとローズレイの間に割って入ったビスクは、汚れたジャケットをゼフに渡す。

そのままユーアに指示を出し、部屋へと行ってしまった。

黒髪……それが何を示すのかローズレイにはまだ分からなかった。

入浴を済ませ、軽食を食べてから、ビスクに指定された部屋へと向かう。

ドアをノックすると、ビスクが返事をしたのを確認して、そっと部屋に入った。

そこにはベッドで静かに寝ている黒髪の少年と、椅子に腰掛けるビスク、その後ろに立つゼフの姿があった。

「……ローズレイ、ここに座りなさい」

「………お父様」

ポンポンと真顔で膝を叩くビスクに、ローズレイは一瞬戸惑《まど》ったが、ゼフの〝お嬢様、お願いします〟という無言の圧力を感じて、椅子ではなくビスクの膝の上に腰掛けた。

心底嬉しそうなビスクにローズレイは恥ずかしくなり、慌てて話を振る。

「そ、それで大切な話とは、何でしょうか……？」

「あぁ……それはね、黒髪の人達についてだ」

ユーアも言っていた〝黒髪〟という言葉。

〝売り飛ばす〟とか〝力を奪う〟とか言っていたが、それも関係あるのだろうか……

「この少年の怪我はすぐに良くなるだろう」

「ほんとうですか!?　良かった……」

「魔力不足だったのだろう……それに栄養失調だそうだ」

骨張ってボロボロな身体……ローズレイより小柄な少年は、今までどんな扱いを受けてきたのだろう。

「可哀想に……奴隷にされていたんだろう」

ビスクは苦しそうな表情を浮かべていた。

その隣にいるゼフもだ。

奴隷制度は、この国では表向き廃止されているが、まだまだ根強く残っている。

「奴隷……」

ローズレイが呟くと、ゼフが少年の首元のボタンを外し、シャツを下に下げた。

「…………!!」

胸元には痛々しい焼印の痕《あと》……

見た事がない魔法陣が刻まれている。

その他にも切り傷や打撲痕、そこら中に生傷があった。

ローズレイは思わずビスクの胸元に顔を埋《うず》めた。

「……十四歳の娘にはあまり見せたくはないね。でもこれが現実だ。私も奴隷を減らす努力をしているが、どうもうまく事が進まないんだ。奴隷商人……彼らはなかなか賢いんだよ」

「お父様……」

「…………さぁ、ゼフ。頼むぞ」

「はい……お嬢様、どうかお許しください」

そう言うとゼフは上着を脱ぎ、シャツのボタンに手を掛《か》けた。

するするとボタンを外す腕が下に行くたびに肌が露《あら》わになる。

その背中には、寝ている少年と同じ焼印があった。

「………っ、ゼフ!?」

「黒髪専門の奴隷商人がいるのです。我々は魔力の量が通常の人より格段に多いのですよ」

「そんな……」

ゼフが黒髪黒目だったので、ローズレイは黒髪の人間は、この世界でも珍しくないものだと思っていた。

「この焼印は……逃げられないように入れられるのです。元は魔族の魔法陣らしく、この国の魔法では消せないのですよ」

「ひどいっ……!」

「今は運良く旦那様の元で働かせて頂いてますが……私も、この少年と同じように魔力の為に狩られた一人です」

ローズレイは小さく拳を握りしめる。

屋敷にばかりいたローズレイは、黒髪が珍しい事すら知らなかった。

「黒は魔族が持つ色だと忌《い》み嫌われていますし、奴隷にされても誰も助けてはくれない……」

いつも和《のど》かなゼフが苦しそうに顔を歪《ゆが》める。

「お父様……わたくしお願いがありますの」

「………。なんだい？」

「もし……この少年に行く場所がないのなら、ここに置いてもらう事は出来ませんか？」

「……………」

ゼフとビスクは顔を見合わせる。

「私がローズレイのお願いに弱いのは知っているだろう？」

「…………‼ ありがとうございますっ」

そこに拒絶はないと見て、ローズレイは瞳を輝かせた。

そうして、黒髪の少年との生活が始まった。

何日経ってもほとんど誰も寄せ付けず、警戒心が強く、人が近づくと暴れる為、ゼフが面倒を見る事になった。

他の人の世話は嫌がるが、ゼフの言う事には大人しく従っていたからだ。

何かローズレイにも出来る事はないかと考え、今日はユーアと共に部屋に食事を運んでいた。

――コンコンッ

「…………ゼフ、入ってもいい？」

「…………」

「ゼフ、入るわよ……？　食事を持って来たわ」

いつもならすぐに返事が聞こえるはずなのに、いつまで経ってもゼフの返事はなく、心配になりドアを開けた時だった。

「――きゃあ！」

「きゃああっ！　お嬢様……ッ！」

ドアの裏に隠れていた少年がワゴンからナイフを取ると、ローズレイの首元に突きつけた。

そして背後からローズレイの首に腕を回し、首を絞《し》めあげる。

少年が後退していくと体が重りとなり、喉元を締《し》め付ける。

ローズレイとユーアの悲鳴を聞きつけて、人が集まってくる。

「………っ」

「ッ、近づくな……!!」

「あぁ………お嬢様っ」

ユーアが震えながら、手で口元を覆《おお》う。

しばらくすると、ローズレイの悲鳴を聞きつけたリズレイが、息を切らして部屋へと押し入る。

「いやぁあぁ！　ローズちゃん……！　ローズちゃん!!」

リズレイが悲鳴を上げて崩れ落ちる。

騒《ざわ》つく廊下、屋敷中に緊張が走った。

「は、早くッ!!　はやく旦那様とゼフを呼んできて頂戴《ちょうだい》！」

「今こちらに向かっていますッ！　奥様お気を確かに！」

ローズレイは喉元にナイフがある為、下手に声が出せない。

少年の、ナイフを持つ手がガタガタと震えていた。

（……怯《おび》えてる）

少年の呼吸はどんどんと荒くなり、肩が上下していた。

緊張状態なのか、目を見開き、体は強張《こわば》っている。

「何事だっ⁉」

「旦那様ッ……お嬢様が……‼」

「ローズレイ‼」

「お嬢様ッ⁉　やめるんだ、ライッ‼」

ゼフが声を荒げる。

その声に驚いたのか、ライと呼ばれた少年の腕の力が強まり、それがローズレイの首に更に食い込んでしまう。

「………うう」

苦悶《くもん》に満ちた表情を浮かべるローズレイに、リズレイは涙を零す。

「……俺をどうする気だッ！　また魔力を奪うのか……っ‼」

「落ち着け‼　ライ、今すぐお嬢様を離せ……‼」

ゼフの言葉はライの耳には届かない。

片手を上げて周囲を制止したビスクが、ライへ向けて口を開いた。

シン……と静まり返る室内にビスクの声が響く。

「……………ライ、と言ったか。ここは君が思っている場所とは違う。そこで君がナイフを突き付けているローズレイが、君を助けたんだ。分かるか？」

「……う、嘘だッ！　みんな殺すんだろっ!!」

「誰も殺さない。君を傷付けない……さぁ、私の娘を解放してくれ。このままでは呼吸が出来ずに死んでしまう……！」

「…………ぁ」

その言葉にハッとしたライが、苦しむローズレイに気が付いたのか、腕を離す。

ドサ……と重たい音と共にローズレイの身体が崩れ落ちた。

「……………ごほっ、ごほ」

「……お嬢様！」

「……ローズちゃん!!」

ユーアとリズレイがローズレイの元に駆け寄り、ローズレイをライから引き剥《は》がす。

周囲から、責め立てるような鋭い視線がライに向けられる。

それを見たライは、ナイフを落とすと首を横に振り、はらはらと涙を流す。

「…………違う、違う！　おれは」

ローズレイは自《みず》らの呼吸を整えながら、目の前で膝をつくライを見る。

体は震え、頭を抱えて混乱しているようだった。

長い前髪の隙間から何も映さない硝子《ガラス》のような瞳が見えた。

誰も味方がいない空間。

追《つ》い詰められていく心。

悲しみに暮れて絶望した以前のローズレイのようだと思った。

（……こんな時どうしたら良いんだろう。きっと悲しくて苦しい）

ローズレイは、リズレイとユーアの制止を振り切り、ライの元へと駆け寄った。

錯乱して、譫言《うわごと》を繰り返しているライの前に膝をついて、強張《こわば》っている体を優しく抱きしめる。

「……だいじょうぶ」

「………………っ！」

「……ち、がう」

「わたくしはあなたの味方よ……」

「違わない」

「…………!?」

「だから…………大丈夫」

「…………ッ、嫌だ」

「わたくしを信じて……もう誰もあなたを傷付けない」

「…………ッ、うわぁあぁあぁっ!!」

ローズレイの胸にしがみ付いて、泣き叫ぶライ。

悲しかった、苦しかった、助けて……そんな悲痛な叫び声だと思った。

こんなに追い詰められてまで、痛みや苦痛に耐えていたのだと思うと、自然と涙が溢《あふ》れてくる。

「…………うぇぇ、っひぐ」

「……な、で……お前がっ、泣くんだよぉ!!　クソがぁ……」

「だって、だってぇ……!!」

重苦しい緊張状態から一転、和《なご》やかな空気が流れた。

ライと共に、思いっきり抱き合って泣いた。

しばらく経つと、緊張が緩み泣き疲れた二人は、そのまま気絶するように眠った。

その為、ローズレイはその後の大人達の会話を詳しく知らない。

リズレイはライを追い出せと猛抗議したが、ビスクとゼフがもう少し様子を見ようと宥《なだ》めたらしい。

リズレイの心配を余所《よそ》に、それからライは人が変わったように大人しくなった。

ゼフでなくても屋敷の人間ならば、普通に接するようになった。

なかでもライが特に心を開いているのは、ローズレイと親しい者達だった。

面会を禁じられているローズレイもまた、ライと共に過ごせる時間を楽しみにしていた。

それを見たビスクは、リズレイを何とか説得して、ライを正式に屋敷に置く為に動く事にした。

ライがローズレイにナイフを突き付けた日から数日経った。

どんなに辛くても涙すら出てこなかったはずなのに、ローズレイに抱きしめられると、涙が止まらなくなったあの日は、ライにとって人生一番の転換点に思えた。

小さな腕の中で思い切り泣いた。

憎しみや恐怖が流れていき、今はスッキリとした気分だった。

屋敷の人達は、こんな自分にも本当に良くしてくれている。

こんなにも温かい場所にいたのに……ライは全く周りが見えていなかった自分を恥じた。

——コンコン
ノックと共に部屋の中に入ってきたのは、この公爵家の当主であるビスクと、自分と同じ黒髪で奴隷だった過去を持つゼフである。

「ライ、調子はどうだ？」

「…………はい。おかげさまで」

「なら良かった」

「…………」

「娘が君に会いたいとうるさくてね……父として会わせるべきか会わせないべきか迷っているんだ」

「……俺は」

「良ければ君の話を聞かせてはくれないか？」

しばらく考え込んだライは、重い口を開いた。

母親とずっと隠れて生きてきた。

誰かに見つからないように、移動しながら生活をしていた。

けれど追い詰《つ》められて意識を失い、奴隷商人に捕らえられた。

あっという間に売られて、牢獄のような場所で生活していた。

逆らえないように焼印を打ち込まれてからは、もう……生き地獄だった。

自死も出来ず、毎日魔力が尽《つ》きるまで魔石に込める作業を延々と続けていた。

言う事を聞かなければ食事を抜かれ、理不尽な暴力を振るわれた。

何度生きる事に絶望しただろう。

他にも黒髪の奴隷達が集められていて、ライを含め五人ほどいた。

仲間は過酷な環境に耐えられずに次々に倒れていった。

生き残ったのはライを含めて三人だった。

三人で外に出る計画を立てて、運良く成功した。

死ぬ気で地下牢から抜け出し、外に出てみたら、そこは立派な貴族の屋敷だった。

脱走に気付いた見張りに、どこまでも追われ続けて、体力の限界を迎えた時にローズレイと出会った。

「…………貴族が、人が怖い……。誰も信用出来ない……！　俺達を利用している事が許せないッ……！　今も仲間は誰かに追われながら生きていると思うと、心が休まる日はない……」

「ふむ……」

「………全てが憎い」

「話してくれてありがとう。詳しく調べてみよう。君の仲間の事も」

「………何故」

「なんだい？」

「何故、ここまでしてくれるんですか……？　俺はあんな事をしたのに……」

「大切な娘を傷付けたんだ。今も剣を取りたいのを必死で抑えている………けれど娘が君を許した。だから私も君にチャンスをあげようと思う。君のした事はもちろん許さない。けれどこの先どう生きていくのかで、また変わるものもある」

「………!!」

「……屋敷に残るのか、出て行くのか……選びなさい」

ライはギュッと拳を握りしめる。

自分がどうしたいのかなんて、もう決まっていた。

「………おれは」

「………」

「……屋敷に、残らせてください」

「ほう……」

「………何に代えても守ってみせます。こんな俺を救ってくれた、あの子の為にも」

その次の日から、ライはローズレイの側にいるようになった。

「おはよう、ライ」

「………おはようございます、お嬢様」

「お嬢様じゃなくてローズレイって呼んで欲しいわ」

「お嬢様」

「……ローズレイ!!」

「………ローズレイお嬢様」

「もう！　ライは意地悪だわ……」

時が経つにつれて、細くて何処《どこ》かへ飛んでいってしまいそうな少年は、随分《ずいぶん》と男らしく、逞《たくま》しくなった。

身長は、あっという間にローズレイを追い越してしまった。

何となく悔しくてむくれていると、「足りなかった栄養が行き届いたのですよ」と、ゼフは笑った。

ダンスの練習の時には、ライが相手になり、初めは「一緒に頑張ろうね」と言っていたのに、いつの間にかライの方が上手くなってローズレイをリードしていた。

ひどく悔しくて、ゼフに愚痴をこぼすと、困ったように笑いながら「……すごく覚えが良いんですよ」と言っていた。

ローズレイもライに負けるのは悔しくて努力しているが、ライは涼しい顔で、色んな事を上手くこなしていく。

自然とライと共にいる時間が増え、とても充実した毎日を送っていた。

ライも自分の身を守れるようにと、一緒に護身術を習うようになった。

更にゼフの元でも色々と学んでいるようで、ゆくゆくはローズレイの護衛になれるよう積極的に訓練をしている。

一緒に遊んで、昼寝をして、花を摘《つ》んで、勉強して……屋敷での時間がとても楽しく思えた。

当初のライの砕《くだ》けた態度は、ローズレイにとって、とても嬉しい事だった。

しかし、屋敷にいる時間が長くなるにつれ、だんだん余所余所《よそよそ》しくなってしまい、寂しい気分である。

「今は二人きりなのだから普通に話して」

「…………」

「……ね？　ライ」

「…………ローズレイ、紅茶のおかわりは？」

「ふふ、頂くわ！　ありがとう」

そんな穏やかな日々は長く続かない事をローズレイは知っていた。

正式ではないが国王から何度も何度も、婚約の申し込みが来ている。

両親が上手くかわしてはいるが、やはりローズレイの見た目の利用価値は高いと見ているのだろう。

ローズレイは自分の未来を守る為、そしてライが笑顔で過ごせるように、鍛錬の合間にある魔法を作り出す事に夢中だった。

「………やったぁ、出来た!!」

そして、一ヶ月の研究期間を経て、ついに魔法が完成したのだ。

「お父様、お母様見てくださいッ!!」

ローズレイは息を切らしながら、庭でお茶をしている二人の元へと駆け込んだ。

「…………なっ!?」

「ローズちゃん……？　ローズちゃんなの!?」

目をまるくした両親に、思わず「凄いでしょう」と胸を張った。

「その髪と瞳はどうしたのだ！」

「ローズちゃん、一体どういう事なのか説明して頂戴《ちょうだい》！」

ローズレイが開発した魔法、それは……

「魔法で髪色と瞳の色を変えたのです！」

今、ローズレイの髪と瞳は朱色である。

こうなると、もはや別人である……リズレイとビスクが驚くのも無理はない。

ローズレイは魔法が完成した事が嬉しくて、庭を駆け回りたい気分だった。

黒髪が原因で苦しんでいる人達がいる。

そして、ローズレイ自身も色で苦しめられているのなら、いっそ色を変えてしまえばいいと思ったのだ。

せっかく魔法があるのなら……と思い、複数の魔法陣を組み合わせてローズレイが開発したものだった。

「ふふっ！　お父様、お母様、ビックリしましたか？」

「あぁ、とても……驚いた」

「こう見ると旦那様にそっくりだわ……」

いつもの白銀の髪と透《す》き通《とお》るような銀色の瞳は、神々しい女神を想像させるが、髪と瞳が朱色になり、顔立ちが引き立つと、ビスクにとてもよく似ている。

「信じられないわ……」

「元に戻るのか……？」

「もちろんですわ！」

こんな風に魔法を使えるなんて素晴らしい。

ローズレイは天にも昇る気持ちだった。

「ローズちゃんが作った魔法……そうなのね？」

「はい！　これでライもわたくしも自由に出かけられます」

「貴方……」

「あぁ……ローズレイ、よく聞きなさい」

喜んでくれると思った両親は、何故か真剣な顔をしてローズレイを見ていた。

ただならぬ雰囲気に、ローズレイはゼフに促《うなが》されるまま、用意された椅子に腰掛けた。

「……………何か、いけない事でしたか？」

「この国ではもう、新しい魔法は作れない。だからこのイレギュラーに心底驚いているんだ……」

「……どういう事ですか？」

ローズレイは首を傾《かし》げた。

魔法書には、魔法陣が描かれており、様々なことに利用することが出来る。

もちろん、使える魔法もあれば、使えない魔法もあり、それぞれ個人差があるものの、この国に住む者ならば誰でも使う事が出来た。

「ローズレイ、よく聞きなさい」

「……はい、お父様」

「新しい魔法を作り出す事は、今のところ誰にも出来ない……どんなに魔力が強い者でも、どんなに知識があろうとも、新しい魔法は作れなかった」

「わたくしは魔法陣を組み合わせただけで、新しい魔法なんて作っていませんわ……！」

ローズレイは、魔法書を見ながら何個かの魔法陣をパズルのようにバラして組み立て直した。

時間は掛《か》かるが、誰でも出来る作業のように思えた。

「この国で使われている全ての魔法を作り出し、与えて下さったのが〝銀色の月〟と呼ばれる女神様だ」

「…………？」

「つまり、ローズレイの力は、女神様の力そのものだ」

「……‼」

(女神の力……)

自由に外に出たくて、その方法を必死で模索していた。

そして、魔法で髪色と瞳の色を変えようと考えたのだ。

けれど、魔法書を見ても、そんな魔法は見当たらない。

ローズレイは思った……ないのなら自分で作るしかない。

時間を掛《か》けて少しずつ魔法陣を理解し、分解して掛《か》け合わせる事により、髪と瞳の色を変えられるようになっていった。

魔法書と自分の理想を組み合わせただけなのに、こんな事になるなんて……

「もう……この魔法は使ってはいけないのですか?」

「いいや、国の発展に新しい魔法は欠かせない。どうか力を貸してくれ」

「…………でもお父様、わたくしは」

「それに、これはもう国の問題だ。こうなった以上、力が悪用されないように王家に……国に守って貰《もら》わねばならない」

「……ッ、お父様とお母様の側を離れるなんて絶対に嫌です!!」

家族とずっと一緒にいたい。

それは以前いた世界で一番、望んでいた事だ。

「ローズレイを手放すつもりなど毛頭ない。けれど、こうなってしまった以上、その力を放っておく事も出来ない。ゼフ、国王に出す手紙の準備を……!」

「……大丈夫よ、ローズちゃん。絶対いい方向に持っていくから」

「………でも」

「もしローズちゃんを奪おうとするならば……」

父と母の声が揃う。どちらもおそろしくトーンが低い。

「全力で、ぶっ潰してやる」

「………お父様、お母様」

ローズレイは力強く頷き、ビスクとリズレイを交互に見た。

「わたくしも、お手伝いしますわ……！」

（なんか違うと思う……）

ユーアとゼフの心の声が重なった瞬間だった。

結局、髪と瞳の色変更大作戦は失敗に終わったが、家族の絆は深まった。

そして、ビスクから貰《もら》ったのは大量の紙と万年筆。

新しい魔法のアイデアや魔法陣を書き込めるようになっている。

出来上がった魔法陣は、国を代表する研究機関に送られる事となった。

ビスクはローズレイが魔法陣を作る条件として、以下の内容が盛り込まれた契約書を持っていった。

ローズレイは公爵家に住む事。

作る魔法はローズレイの自由な意思に任せる事。

ローズレイを無理に婚約をさせない事。

ローズレイの安全を保証する事。

あくまでもローズレイの意思が最優先という、とても都合の良い条件である。

無理矢理従わせた場合や、ローズレイの意に反する魔法を作らせようとした場合は、すぐに隣国へ逃亡するか、家の力を総動員して、どんな手を使ってでも抗《あらが》うとビスクは言ったらしい。

そんな破格の条件を、国が絶対呑むわけがないと思っていたが、条件を全て呑んででも新しい魔法を作る事が優先だったようだ。

両親の暗躍のおかげで、ローズレイはいつも通りの暮らしが出来ていた。


それからもローズレイは、魔法の研究にのめり込んだ。

毎日学園にも通えずに、一通りの魔法も護衛術も習い終わったからだ。

そして一週間もの間、部屋に篭《こも》っていたローズレイは、ついにずっと作りたかった魔法を完成させたのだった。

「……お父様ぁあぁッ〜！」

——バタンッ!!

急いで来たのか、肩で息をして、服や髪が乱れているローズレイが、部屋の中へと慌ただしく入ってきた。

「お父様ッ、完成っ！　その、出来ましたわ！　今すぐゼフとライを呼んで下さいませっ!!」

「ローズレイ、落ち着きなさい」

「落ち着いていられません!! 今すぐ試さなくちゃ……っ」

「……ローズレイ、周りをよく見なさい」

ローズレイは一息ついてから辺《あた》りを見回す。

ゼフはビスクの斜め後ろに待機していて、ライはローズレイの隣にいる事が判明した。

あまりにも興奮していた為、気付かなかったようだ。

それに、冷静になってみたらローズレイの格好は酷いものだった。

ボサボサの髪に、寝巻き姿……それにインクだらけの手。

そして大きなお腹の音が部屋に響いた。

そういえば最後にご飯を食べたのはいつだったか。

ローズレイは首を傾《かし》げた。

「……まずは食事とお風呂ですよ、お嬢様」

「へっ!? でも待ってライ! わたくしはお父様に……っ」

ライは引きずるようにローズレイを連れて部屋を出て行った。

パタリと静かにドアが閉まる音が部屋に響く。

「昔のゼフに似て微笑《ほほえ》ましいな」

「……ライがですか？」

「私もよくゼフに引き摺《ず》られていたなぁ……」

「ああ……それは旦那様がアホな事ばかりするからでしょう……？　お嬢様も旦那様にそっくりですよ？　集中すると周りが見えなくなってしまうところが」

「…………君は昔から私的な場では容赦ない」

「ふふ、そんなに褒めないでください」

「…………」

あの一件から、ライは人が変わったかのように公爵家の為によく働いている。

ゼフを師とし、魔法や暗器の使い方を学んでいる。

魔力も技量も十分、そして飲み込みも早い。

ローズレイを守る盾となり剣となるであろうライを、ビスクは快く思っていた。

もちろん、ローズレイを危険な目に遭わせたのは許せないが、それ以上にローズレイに絶対的な忠誠心を持っている。

あの日、ライの瞳に宿る炎は並大抵の決意ではなかった。

そして、あの荒ぶるリズレイを死ぬ気で説得して良かったと、しみじみ思った。


「ごめんね……ユーア」

「いいんですよ、お嬢様。最近部屋に篭《こも》りきりでしたから…………お疲れでしょう？」

軽食を食べた後、ローズレイはすぐにお風呂場へと連れて行かれた。

湯船に浸かって体を温めていると、疲れからか眠たくなってしまう。

「さぁ、お嬢様立ってください‼　寝るのはもう少し先ですよ！　頑張ってくださいませ」

「はぁい…………」

ローズレイの首がグラグラと動き、船を漕《こ》いでいる。

隙を見て身支度を整えたユーアだったが、ローズレイの意識は半分夢の中である。

ユーアに支えられながら、フラフラした足取りでお風呂場から出ると、ずっと外で待機していたのか、ライが姿勢良く立っていた。

「あぁ……ライ、丁度良かったわ！」

「ユーアさん……」

「お嬢様をお部屋まで運ぶのを手伝ってくれない？」

「…………はい」

ライはユーアからローズレイを受け取ると、軽々と体を抱え上げた。

一緒に運ぼうと思っていたユーアは驚いてしまった。

無表情のライは淡々と足を進める。

ローズレイの前以外では表情の変化も少なく、話しかければ答えるが、それ以上は何も言わず表情筋も滅多に動かない。

「……貴方、随分《ずいぶん》と力があるのね」

「ゼフさんに鍛《きた》えてもらってるので……」

「そう……」

「…………」

あっという間に部屋の前に着いて、ユーアは急いで部屋のドアを開ける。

ライは、腕の中でぐっすりと寝てしまったローズレイを起こさないように、そっとベッドに寝かせた。

まるで壊れ物のようにローズレイを優しく扱うライ。

最初の印象は最悪なものだったが、今はユーアもライに好感を持っていた。

「…………」

「……おやすみ、ローズレイ」

まるで慈しむようにローズレイの頭を撫でてから、サラリと髪を持ち上げ、唇を落とすライを見て、ユーアは目を見張る。

屈《かが》んだ事でいつも目に掛《か》かっている前髪がサラリと流れて、こちらの顔が赤くなってしまうほどに優しい瞳が垣間《かいま》見えた。

「……………ユーアさん」

ユーアは思わず両手で頬を押さえた。

「…………」

「ユーアさん……？」

「……ひゃっ⁉」

「俺、行きます………起きたら教えてくれ、と旦那様がおっしゃってました」

「あっ、そうね！　分かったわ！　ライ、ありがとう……」

「失礼します……」

そのまま去っていったライの後ろ姿を見つめながら、ユーアは気持ちを抑えられずにニヤニヤしてしまう。

「禁断の恋……かしら？」

ローズレイはヨダレを垂《た》らしながら幸せそうに眠っている。

シーツを整えながらユーアは微笑《ほほえ》んだ。


あの後、丸一日爆睡したローズレイは、ゆっくり起き上がると伸びをする。

いつの間にか紅茶を用意していたユーアが「もう昼過ぎですよ」と教えてくれた。

睡眠不足が解消されて、大変気分が良い。

ベッドの上で軽食を済ませてから身なりを整えて、ビスクの部屋へと向かう。

「……お父様？　いらっしゃいますか……？」

「ローズレイ、待っていたよ。よく眠れたかい？」

「……あの、おかげさまでぐっすりと眠れました」

実はお風呂に入っている時から記憶がボヤけて何も覚えていない……と言ったら、今後の行動が制限されてしまいそうで下手な事は言えない。

「…………あまり無理をするのは良くないね」

「……‼」

どうやら全てお見通しのようだ。

ローズレイは誤魔化すように咳《せき》払いをして、空気を変える為に口を開いた。

「……ゼ、ゼフもライもいるわね！」

「はい、お嬢様」

「……はい」

「では、まず………服を脱いで下さいませ‼」

今日、集まってもらったのは新しい魔法を披露する為だ。

超特急で一週間弱、寝る間も惜《お》しんで作った魔法は、ゼフとライの役に立つものだ。

「………あれ？　どうかしましたの？」

しーん、と静まり返った室内にローズレイは首を傾《かし》げる。

みんな驚いた顔をしているが、その理由が分からない。

「………お嬢様、少々……はしたなく存じます」

「へっ……⁉」

「………」

「ちっ、違います‼　わたくしそんなつもりでは……！」

ライですら、じっとりとした目でローズレイを見ていた。

改めて自分の発言を思い返してみると、淑女としては失格だろう。

そういえば興奮していて、みんなに何をするのかを説明していなかった。

自分の頭の中では理解していたからか、手順を間違えてしまったようだ。

「ゴホン……では改めまして、新しい魔法が出来ましたわ。そのお手伝いを二人にお願いしたいの」

「ほう……それはどんな魔法だい？」

「焼印を消すのです」

「⁉」

「ローズレイ、それは治癒魔法でも出来ない事だぞ……？　それに魔族の魔法は魔族でなければ消せない……」

「お嬢様……お気持ちは嬉しいのですが」

「ゼフ、大丈夫よ！　わたくし、貴方達の為に頑張りましたの」

焼印は一生消えない傷となり肌に残ってしまう。

死ぬまで抱えなければならない痕……治癒魔法でも治す事は不可能だと、ここにいる誰もが知っている事だった。

ローズレイが二人の苦悩を本当の意味で理解したのは、とても暑い日の事だった。

ライとダンスの練習をしていた時だ。

練習が終わり、沢山汗をかいてタオルで顔を拭《ふ》いているライが、シャツのボタンをきっちり留めて、ずっと長袖を着ている事に気付いた。

ライはきっと奴隷の焼印を隠している。

それに、手首には枷《かせ》が擦《こす》れて何度も鬱血《うっけつ》した痕が残っていた。

皮膚には火傷《やけど》の痕、身体中には切り傷に擦《す》り傷……

見ていて痛々しくなってしまうものばかりだった。

そういえばゼフもずっと長袖だ。

夏服があるのにもかかわらず、ずっと。

(何か出来る事はないかしら……)

ローズレイはその事がずっとずっと気になっていたのだ。

「まずはゼフからお願い出来るかしら……少しだけ痛むかもしれないわ………もし、嫌だったらいいのよ……！　辛い事だろうし……」

「………お嬢様」

「わたくしったら先走ってしまって……先に確認すれば良かったわ…………ごめんなさい」

二人の気持ちを考えずにローズレイは魔法の研究に没頭してしまった。

デリカシーに欠けた行動を取ってしまい、恥ずかしさが込み上げてくる。

「……是非、お願いしてもいいですか？」

「いいの……？　ゼフ」

「もちろんです。お嬢様が我々の事を考え、一生懸命になってくれたのでしょう……？　これ以上嬉しい事はありませんよ」

ゼフは優しく微笑《ほほえ》むと「失礼します」と言って、シャツを脱いだ。

背中には、くっきりと痛々しい焼印の痕がある。

「痛むと思うけど、我慢してね……」

ローズレイは新しく組み立てた魔法陣を思い出しながら、ゼフの背に、そっと手を置いた。

「………ぐっ！」

ほんのりと白く淡い光がローズレイの手のひらの隙間から漏《も》れる。

ローズレイが触れている場所が痛むのか、ゼフが苦悶《くもん》の表情を浮かべた。

ローズレイは大きく息を吸い込んで、目の前の焼印に集中する。

「………もう少しだから、頑張って！」

残り半分……手のひらに魔力を込めて、ゼフの焼印の上に這《は》わせると、不思議な事に少しずつ傷が薄くなっていく。

（………限りなく薄く……伸ばすように）

手のひらに意識を集中させる。

何度も何度も考えて、やっと完成した魔法だ。

「………はっ、はぁ……終わった」

ローズレイはペタリと座り込む。一部始終を見ていた周囲が声をあげた。

「焼印が……！」

凹凸《おうとつ》は残っているが、焼印だと分からないほどに傷は薄くなっていた。

ローズレイは汗を拭《ぬぐ》って、大きく息を吐き出す。

やはり時間を詰《つ》めた分、魔力の消費量も多く、痛みが残ってしまうのが難点のようだ。

もう少し改良したほうが良さそうだ。

「……ゼフ、痛かったわよね、ごめんなさい」

ユーアは鏡にゼフの背中を映す。

それを見たゼフは目を見開いた。

「し、信じられません……！　あぁ……ユーア、私は……」

「ッ……良かったわ……本当に良かった………‼　お嬢様ありがとうございます……！」

ユーアは涙を流しながらゼフに駆け寄った。

ゼフも嬉しそうにユーアを抱きしめていた。

感動して今にも泣き出しそうなローズレイを抱《だ》き抱《かか》え膝に乗せると、ビスクがローズレイの頭を優しく撫でた。

「……ゼフは、この屋敷に来た時、ライより酷かったかもしれないな……ユーアも全く口を聞かなくてね……二人とも立派になって、公爵家に尽《つ》くしてくれている」

「……お父様」

「……焼印は本人の心を蝕《むしば》む。ゼフもよく悪夢に魘《うな》されていたよ」

「あぁ……お嬢様、なんと言ったら良いのか……！」

「いいの、ゼフ。いつもお父様の面倒を見てくれてありがとう」

「……まぁ！　うふふ」

「………ローズレイも言うようになったな」

ローズレイはゼフの心からの笑顔を見た気がした。

それだけで頑張った甲斐があるというものだ。

いつも休みなく走り回るゼフとユーアには、本当に感謝していた。

このままライの焼印も消したいところだが、連日の疲れもあってか、あまり魔力が残っていなかった。

新しい魔法は作れても、ローズレイの魔力は無限ではないらしい。

「ライ……ごめんなさい、もう魔力が……」

「俺の事はいい……部屋で少し休みましょう」

「…………ありがとう」

ゆっくり休んで魔力が回復すれば、ライの胸の焼印も消す事が出来るだろう。

ライが少しでも心休まるように……そして、悪夢から解放されるようにしなければ。

今の自分には、そのくらいの事しか出来ないから……

「……ライ、ローズレイを頼むよ」

「かしこまりました」

ライは綺麗《きれい》にお辞儀をしてから、ローズレイと共に部屋へと戻って行った。

その後、ローズレイの知らない、大人だけの会話が始まる。

「……ビスク様、やはりお嬢様の魔力量は桁違《けたちが》いなのですね」

「そのようだな。まさか魔族の作り出した魔法すら消してしまうとは……」

「大丈夫でしょうか……」

「……少しの隙も許すな。付け入られないように、護《まも》れるように……」

「………はい、もちろんです」

国王は頭の回転も早く、抜け目ない。

一番近くで見てきたビスクも、国王の手腕には驚かされる事も多い。

まずは、息子であり次期国王となるランダルトの婚約者にする事が、ローズレイを取り込める最善の方法だ。

もしローズレイが王妃になったとしたら、彼女の魔法を作り出す力によって、王国はますます盛り上がる事だろう。

だが恐らく、王族へと嫁《とつ》げば、ローズレイの自由はなくなり、王の命《めい》で、国にとって有益な魔法を作らなければならない。

そうなってしまえば、もう父親のビスクでも手は出せない。

ローズレイが不幸になる未来……それだけは絶対に避けなければならなかった。

「ランダルト殿下も、今のところ大きな動きはないようです。やはり先手を打って正解でしたね」

「そうだな」

「お嬢様はランダルト殿下と手紙のやりとりをしておりますが、何か特別な感情があるわけではないようです……やはり婚約は望んでおりません」

「…………そうか。親として娘の幸せを一番に考えたい…………いっそのこと他国に夜逃げでもするか」

「…………旦那様、それは無理があるかと」

「はっは！　冗談だ。冗談」

ユーアとゼフは思った。

冗談に聞こえないし、ビスクならばやりかねない。

「お嬢様の魔法は……何か根本的に違うのでしょうか？」

「……私も詳しくは分からぬ」

「我々が魔法陣を読み解く事は不可能ですからね……」

「ローズレイ曰《いわ》く、魔法陣を並び替えて組み合わせるらしいが……私にはサッパリだ」

「確かにお嬢様は、何種類もの魔法陣を並べては、何かを書き込んでいます」

そもそもこの国では、新しい魔法を作り出す事は何度も繰り返されてきた事だ。

けれど、一度も成功した事はない。

不思議な文字の羅列を完全に読み解く事は、魔法のプロフェッショナルである王城に住む専属の魔法師でも不可能だった。

魔法書にある魔法陣は、全て完成されたもの……それは覆《くつがえ》せないものだった。

ローズレイが魔法を作り出すまでは……

「ユーア、この事は内密にするようにローズレイに伝えてくれ」

「かしこまりました」


その次の日の夜、ローズレイはライを自分の部屋へと呼び出した。

「ライ、シャツのボタンを外せるかしら？」

「……ん」

自分の仕事が終わったライは、珍しく軽装だった。

いつも目に覆《おお》いかぶさっている前髪は、珍しく整えられている。

前々から思っていたのだが、ライの顔は綺麗《きれい》に整いすぎていて、黙っていると作り物のようだ。

目を隠すほどに長く重苦しい前髪も、度々《たびたび》切るように助言してみたが、一向に切る様子はない。

「ついでに前髪も……」

「切らない」

「……どうして？」

「どうしても」

ローズレイはライに何でも話しているのに、未だにライには謎の部分が多い。

過酷な環境の中にいたライの過去には、地雷が沢山散りばめられている。

それを無理に聞き出す事は出来ない。

「……折角、綺麗《きれい》な顔をしてるのに勿体《もったい》ないわ」

「………」

「みんな、ライの素顔を見たら驚くと思うけど……」

「別にいい、お前だけが知ってれば」

「………！」

こうして、ローズレイの前では恥ずかしい台詞を惜《お》しげもなく言ってくるのだ。

本人はけろっとしているが、言われる方は堪《たま》らない。

「そ、それじゃあ……始めましょう！」

ライの露《あら》わになっている胸元に、そっと手のひらを置く。

ドクン……ドクン……とライの心臓が脈打つのを聞いていると、こちらまでドキドキしてしまう。

向き合って椅子に座っているのだが、ライとの距離が近いので意識してしまう。

「………どうした？」

「……べっ、べ、別に」

「あぁ、悪い、気付かなかった」

「ッ⁉」

何を思ったのか、ライはローズレイを軽々と持ち上げて膝の上に乗せる。

「……なっ⁉」

「………遠いからやりにくかったんだろ？」

「……えっ⁉　あ……そう、そうね！　うん……」

ますますやりづらくなってしまった……

すぐ側にライの顔がある。

ローズレイは真っ赤な顔を隠す為に、大きく深呼吸をした。

集中して、胸に手を当て魔力を込める。

「…………ッ」

「ライ……大丈夫？」

「平気だ……っ」

苦しそうな表情をするライ……額には脂汗《あぶらあせ》が滲《にじ》んでいる。

背中より胸のほうが皮膚が薄いので痛みも強いのだろう。

「…………ッ、ぐっ！」

「ごめんね……」

ローズレイはギュッと目蓋《まぶた》を閉じた。

これ以上、ライの苦しむ顔を見たくなかった。

最後の焼印が上手く消えたのを確認して、ローズレイは安心したように息を吐き出した。

やはり魔力の消費量が多いようで、体が重たく感じた。

ライは自分の胸を不思議そうに見ている。

「消えた……」

「うん、少し痕《あと》は残るけど……」

「…………ほんとに？」

「ライ……？」

ライは、膝に座っているローズレイをギュッと抱きしめた。

表情は見えないけど、腕が少し震えていた。

ローズレイはライの黒くて少し痛んだ髪を撫でた。

どのくらいそうしていただろうか……

ライがゆっくりと顔を上げ、ローズレイを見つめる。

「…………ありがとう」

「ライ……」

「ほんとに……ありがとう」

ぐっ……と涙がこみ上げてくる。

ライの本心が垣間《かいま》見えた気がした。

「……どうしてローズレイが泣くんだよ」

「……ひっく……分か、らない」

「泣き虫だなぁ……お前は」

「ライの代わりに泣いてるの……」

ハラハラとローズレイの頬を流れる滴《しずく》をライが拭《ぬぐ》う。

「…………なぁ」

「なに……？」

「ここに薔薇《ばら》の模様を刻みたい……」

「えっ⁉　どうして……？」

肌に少し凹凸が残っているけれど、気になるほどではない。

それに、薔薇《ばら》はヒューレッド家の家紋にも使われている。

また何かを刻み込む事で、ライの鎖になってしまうのではないかと心配になった。

「……ローズレイ……俺の全てはお前のものだ」

「ライ……？」

「体も心も命も……全て」

「……っ、そんなのだめだわ！　ライは全てライのものよ……！　もう自由なんだから、好きに生きていいのよ……？」

ローズレイには、ずっと気がかりな事があった。

怪我も良くなり、焼印もなくなって自由になったライは、家族の元に戻るのではないか、と。

それにいつまでもライを公爵家に縛りつけるのは良くないのではないか……

「恩がある」

「……恩なんて、もう十分返してもらったわ。ライは自分の人生の事を考えなくちゃ……」

「……俺の居場所はここだけだ」

「でも……！」

「何があってもお前の味方でいる…………側にいさせてくれ……お願いだ、ローズレイ」

「…………っ」

これ以上言葉が出なかった。

ただ、黙ってライを抱きしめていた。

結局、ライはローズレイの制止を聞く事なく、真っ赤な薔薇《ばら》を胸に刻んだ。

ローズレイが何度止めても「俺はローズレイのものだから」の一点張り。

複雑な気持ちでいるローズレイに、ビスクは「好きにさせてあげなさい」と言った。

せっかく奴隷の焼印が消えたのに、薔薇《ばら》を肌に刻みつけて自《みずか》らを縛るなんて……やはりローズレイにはライの気持ちが理解出来なかった。

ローズレイは、ゼフやライのように焼印に苦しむ奴隷が減るようにと、王国の魔法研究所に魔法陣を送ろうと思っていた。

けれど「この魔法陣は送れない」と、ビスクに止められてしまった。

理由を聞いても納得する答えは貰《もら》えなかった。


ローズレイはもうすぐ十七歳になる。

そんなある日、王家からある手紙が送られてきた。

そこには〝王立学園に通うように〟と記されていた。

恐らく、ランダルトとの接触を拒否しているローズレイを引っ張り出す為だろう。

以前のローズレイが学園に通っていたのは十八歳の時だ。

シナリオと違う展開にローズレイは驚いていた。

「お父様……！　わたくし、ライと一緒に学園に通いたいわ」

「学園長にお願いしてライを通わせてもらいましょう。お家の都合で護衛を連れて行ってもいいと聞いた事があるわ」

「なるほど……それならば良いかもしれないね」

ビスクは大きく頷いた。

「……という事だ。ライ」

「はい」

「お前の実力を見込んで学園での護衛を頼もうと思う」

「かしこまりました」

「もしも、もしもローズレイに悪い虫が付いたら…………分かっているな？」

「お父様!!　ライを脅《おど》かすのはやめて下さいませ」

「……もちろん、お嬢様の利にならない者は全て排除させて頂きます」

「……はっは！　さすがライだな」

「…………はぁ」

屋敷にはリズレイとビスクの不穏な笑い声が響き渡った。

ローズレイは王家の指示通り、普通の生徒と同様に十七歳で王立学園高等部に入学した。

学園側もローズレイが学園に通う事に大賛成だった。

護衛としてライが共に通う事も快諾したらしい。

そして、ローズレイが入学してくると知ったパルファンが急遽《きゅうきょ》、学園の地図と要注意人物の写真とリストを片手に、屋敷に帰ってきたのだ。

「こいつが医務室にいる時は絶対に入るなよ……。あと、誰かに話しかける時は俺かライが側にいる時にしろ。それとマルーシュ男爵の子息には近づくな」

「お兄様……」

「あと、この魔法学の教師はセクハラ疑惑がある。それに……」

「お・に・い・さ・ま!!」

「…………なんだ？」

話を途中で止められたパルファンは不満そうだ。

「大袈裟《おおげさ》ですわ……！」

「あのなぁ……ローズレイ。この際ハッキリ言っておくが……」

「…………何ですの？」

「お前、少し鈍《にぶ》いぞ……？」

「………ッ!?」

パルファンが真顔で、しかも可哀想なものを見る目で、ローズレイを見ているではないか。

「……に、鈍《にぶ》い？」

「少しは周りに与える影響をだな……」

「パルファン、気持ちは分かるがハッキリ言いすぎだ」

「その鈍《にぶ》さがローズちゃんの魅力なのよ!!」

「…………ライ」

「鈍《にぶ》いです」

ガーンと口を開けるローズレイに、家族から降り注《そそ》ぐ哀れみの視線。

誰もフォローしてくれない。

縋《すが》るようにゼフとユーアを見ても、首を横に振るだけだった。

「学園では、好奇な目に晒《さら》されるだろう。悪意を持つ奴もいれば、公爵家を陥《おとし》れようと近づく者もいる。それにクソうざったいゴマスリ野郎もな……！」

パルファン自身が体験してきた事なのだろうか……

どんどん口が悪くなっていく。

しかし、今のローズレイには上《うわ》っ面《つら》の優しさを見分けられる自信はあるし、多少の事で傷ついたりしない。

それは野薔薇として逞《たくま》しく生きてきた記憶もあるからだ。

そして、誰かに攻撃されたら電流を流して気絶させる事も出来るし、剣を向けられたら制服の中に忍ばせた折りたたみナイフで迎え撃てる。

「わたくし、鍛《きた》えてますし……」

「……ローズちゃん、彼らはね……陰でコソコソ見つからないようにやるのよ。それに、無理矢理罪を被《かぶ》せられるなんて事も頻繁《ひんぱん》に起こるわ」

「…………!!」

リズレイは悲しそうな顔で言った。

貴族社会ではよくある事なのだという。

以前、ローズレイに向けられた悪意。

弁解も出来ずに、全てを飲み込んで闇に落ちてしまった事を思い出す。

今は頼れる家族もいて大分状況は違うが、まだどうなるかは分からない。

「……やっぱり心配だわ」

「リズレイ……大丈夫だ。あとはローズレイに任せよう」

「……そうね！　辛い事があったらすぐに言うのよ！　ライ、ローズちゃんに何かあったら、相手を木《こ》っ端微塵《ぱみじん》に跡形もなく擦《す》り潰すのよ……！」

ローズレイは遠い目で紅茶を啜《すす》っていた。

もう何も言う事はない……

ローズレイに何かあれば、両親がどう動くか分からないので、行動は慎重にしなければならない。

自分の事は自分でしっかり守り、平和な学園生活が送れるように……そして色んな意味で迷惑を掛《か》けないように、己の身の振り方を考えようと、心に決めたローズレイであった。


初めて学園へと向かう日、制服を着たローズレイの姿を見て、心底嬉しそうなリズレイと、何故か黙ったままずっと頷いているビスク。

ユーアに髪もキチンと整えてもらったし、身嗜《だしな》みもばっちりだ。

魔法陣を作り終えた日のゾンビのような姿とは雲泥の差である。

どこからどう見ても貴族のご令嬢に見えるはずだ。

何度も確認したので大丈夫だろう。

馬車に乗り、ドキドキする胸を押さえながら深呼吸していると、パルファンがローズレイの肩に手を置いた。

以前と全く違うパルファンの姿……

髪は伸ばして横に束《たば》ねており、制服も着崩していない。

性格も誠実でみんなに優しく、冷静に物事を見ている。

ランダルトと一緒にいる事も多いからか〝赤の王子様〟と呼ばれているらしい。

確かに今のパルファンならば、そう言われる理由も納得出来る。

そして、父の命令で長い前髪を切り、制服を着ているライは、そんなパルファンと並んでも見劣《おと》りしない。

どこぞの高貴な貴族のような美青年がローズレイの前で、気怠《けだる》そうに座っている。

前髪を切った事が不満らしく、若干不機嫌だ。

寡黙《かもく》でミステリアスな美青年。

間違いなく端正な顔立ちのライは目立つ事だろう。

「…………お兄様、ライに御令嬢達が群がるのでは？」

「そうだろうな」

「ふふ、ライは綺麗《きれい》だから、お兄様と同じくらいモテるかもしれないわね」

「ライ、令嬢相手に手荒な事はするなよ……」

「…………なぜ？」

パルファンは溜息《ためいき》を吐《つ》く。

ライにとっては、ローズレイかローズレイ以外か……だ。

それにローズレイが絡むと、どう動くかは分からない。

令嬢相手だろうが誰だろうが、容赦なく攻撃するだろう。

「お兄様、ライはとても優しいから大丈夫よ」

「…………」

それは間違いなくローズレイ限定である。

「何か困った事があったら、お兄様か、わたくしに報告するのよ……？」

「…………はい」

「お兄様、安心してくださいませ！　ライに何かあったら必ずわたくしが守ってみせますわ……！」

（……それはこっちのセリフだろ）

ライとパルファンの心の声が重なる。

二人は何言ってんだコイツ……という目で見ているが、ローズレイは気付いていない。

確かにライは良い意味でも悪い意味でも目立つだろう。

けれど、黒髪の人間は一定数存在する。

珍しくはあるが、特別ではない。

しかし、ローズレイは別格である。

白銀はこの世界でローズレイだけしか持たない色……

腰まで伸ばした髪はユーアの手入れによって輝き、肌も艶《つや》やかで、洗練された所作は優雅で美しい。

透《す》き通《とお》る白銀の瞳に見つめられたら、誰もが言葉をなくす……

ローズレイは公爵家という箱庭で大切に育てられた。

そして、屋敷にいる人間はビスクによって厳選された信用出来る人物のみ。

彼らは小さい頃からローズレイを見慣れている。

だからローズレイは気付けないままでいる。

自分が特別な存在だという事に……

「わぁ……！　学園はとても大きいのね」

感動するローズレイを横目に、パルファンは馬車を降りて辺《あた》りが安全かを確認する。

続いて、ローズレイはライのエスコートで馬車から降りた。

目の前には、立派な門と豪華な建物。

ローズレイはギュッと鞄《かばん》を握りしめた。

すると、一人の男性が満面の笑みを浮かべながらローズレイの元へ駆け寄って来た。もう一人、後から来ている人間が追いつくより早く、興奮した様子で口を開く。

「銀色の月に祝福を……ッ、我が学園へようこそ‼　そのお姿を拝見出来て光栄でございます！女神様……‼」

「…………学園長。我が妹にはローズレイ・ヒューレッドという名があるのですが？」

「も、申し訳ございません。あまりにもお姿が…………」

「今後、このような態度は控えて頂きたい」

「…………かしこまりました。ローズレイ様をクラスに御案内して差し上げなさい」

「ローズレイ様、ライ様、担任のシルグレイと申します。此方《こちら》にどうぞ」

追いついてきたのは、ローズレイ達の担任の教師だったようだ。

「お兄様、先生方はみんなに敬語で話されますの……？」

「いや、王族くらいだな」

「でしたら、わたくしも他の生徒と同様の扱いを希望致しますわ」

すると学園長とシルグレイは困惑した様子で大きく首を横に振る。

「……………そうですか」

「ローズレイ……」

「いいのです。お兄様……」

ビスクに事前に言われたが、やはり学園長は熱心な女神信者の一人のようだ。

明らかにローズレイを通して、女神を見ている。

ローズレイが表舞台に立てない大きな理由の一つである。

女神信者がローズレイを祀《まつ》りたて、自分達を正当化した暴走行為を防ぐ為だ。

(お父様に報告して釘を刺してもらいましょう……)

ペコペコと頭を下げる学園長には何を言っても無駄だろう。

ローズレイはパルファンと別れ、ライと共に教室へと足を進めた。

「皆さま、ご機嫌よう。わたくしはローズレイ・ヒューレッド。至《いた》らない点も多いかと思いますが、宜《よろ》しくお願い致します」

「……………ライだ」

二人が自己紹介をすると、教室内はかつてないほどに騒《ざわ》ついた。

ローズレイはあまりのやかましさに貼り付けたような笑みを浮かべ、ライはひたすらに無表情。

自己紹介をしているはずなのに、自分の声が聞こえない。

羨望の眼差し、好奇の視線、気に食わなそうな顔、それから何かを企んでいそうなニヤニヤとした胡散《うさん》臭い笑顔…………それはもう選《よ》り取り見取りである。

授業中も、常に視線を感じていた。

休み時間になっても誰にも声を掛《か》けられる事はなく、少し離れた場所からコソコソと話す声が聞こえる。

みんな、こちらの様子を窺《うかが》っているといった感じだ。

そして、他の教室からもローズレイとライを一目見ようと、次々に人が押し寄せる。

しかし、無理にローズレイに近づいて反感を買えば、赤騎士ビスクと赤薔薇《ばら》リズレイに睨《にら》まれてしまう。

二人とも、貴族社会や社交界に大きな影響力を持っている。

余程の馬鹿以外は近づいてくる事はないだろう。

それにしても、令嬢達からのライへの熱視線が凄まじい。

隣にいるローズレイが火傷《やけど》してしまいそうである。

昼休みの時間になり、ローズレイは楽しみにしていた食堂へ向かう為に立ち上がった時だった。

「……ローズレイ、いるか？」

声がしたのと同時に「きゃあぁああ」という悲鳴と、うっとりするような視線を投げ掛《か》けられているパルファンの姿が見えた。

込み上げてくる安心感のままに、ローズレイはパルファンの元へと駆け寄った。

「お兄様！　わざわざ迎えに来てくださったのですか？」

「あぁ、食堂に行きたいと言っていただろう？」

ローズレイは元気に頷いた。

嬉しそうなローズレイの様子を見て、パルファンがいつものように微笑《ほほえ》むと、周囲からバタンと何かが倒れる音が聞こえてくる。

「ッ!?　お兄様……敵襲ですか!?」

「いや……今のところ敵はいない、安全だ」

「でも人生いつ何があるか分からないのですよ！　気をつけましょう」

「…………あぁ、そうだな」

実際は敵襲などではなく、パルファンの珍しすぎる微笑《ほほえ》みに何人かの令嬢が倒れた音だった。

ローズレイに知られたら、一緒に食堂へ行くどころではない。

パルファンはあえてローズレイに話を合わせる。

「ライも気をつけるのよ……！」

「……はい、お嬢様」

ライも話を合わせる事にしたらしい。

「わたくし食堂でご飯を食べるのを、とても楽しみにしておりました……！　お兄様、おすすめは何かありますか？」

「そうだな……Bセットにデザートをつけると良い。きっとローズレイの好物ばかりだ」

「分かりましたわ！　早く行きましょう」

パルファンとローズレイが腕を組みながら廊下を歩いていると、何故か次々に人が避《よ》けていく。

それを見たローズレイがパルファンの耳元で、そっと囁《ささや》いた。

「…………お兄様、あまり怖いお顔をしてはいけませんわ！　お兄様の圧力で皆様、廊下の端へと追いやられてます」

「あー……そうだな……」

本当は間違いなくローズレイのせいなのだが、本人には自覚がないらしい。

やはり昼休みにローズレイの元へ来て正解だったようだ。

本人はルンルンとスキップをしそうなほどに、はしゃいでいる。

パルファンはローズレイに聞こえないよう、小声でライを呼んだ。

「…………ライ」

「はい」

「しばらくローズレイの側に誰も近寄らせるな……」

「……かしこまりました」

食堂に着き、迷わず頼んだBセットとデザート。

ライがパルファンとローズレイの食事を運び、静かにテーブルに置いた。

本当は自分でやりたかったのだが、ライに「お嬢様は座っててください」と言われ、パルファンにも促《うなが》され、ローズレイは渋々席についた。

ライも自分の食事を運び終えると席についた。

「ここではみんな自分の事は自分でやるのよ？　ライ、ちょっと聞いてるの⁉」

「…………」

「もうっ！　次は自分で運ばせてもらうわ」

その次が来ない事をパルファンだけは察していた。

ライは毒味を兼ねて食事を取りに行ったのだ。

ライの警戒心の強さは尋常ではない。

それに加えて、ライを囲もうとする令嬢達を華麗にかわしながらここまで来たのだ。

さすがゼフに鍛《きた》えられただけあると、パルファンは改めて感心していた。

ライは従者としても護衛としても完璧である。

「……どうだった？　初日は」

「楽しいです……でも、あまり居心地は良くありませんわ……」

ローズレイは困ったように笑った。

良くも悪くも注目を集め続けるのは大変だ。

パルファンもランダルトの側にいるからか、よく分かる気がした。

とにかく気が抜けないのだ。

何があっても笑顔を崩さずに、王太子として完璧に振る舞うランダルトは、友としては心配になるが、次期国王としては尊敬していた。

「無理はするなよ」

「ふふっ、お兄様は心配性ですね」

ランチを頬張《ほおば》りながら、ローズレイは幸せを噛みしめていた。

「ライと一緒に並んで食事出来るなんて本当に嬉しいわ！　それだけでも学園に来た価値はあるわね」

「……はい」

「ライは、どんな食べ物が好きなの？」

「食べられるものなら何でも……」

相変わらず淡々と答えるライは、特盛りのご飯をサラサラと平《たい》らげていく。

そんな細い体のどこに食べ物が入るのかと不思議に思うほどだ。

死んだ魚のような目をしながら、黙々とご飯を食べるライを見ながら、パルファンはフォークを動かす。

ライほど掴《つか》みどころがなく隙もない奴は見た事がない。

ビスクとリズレイから初めてライの話を聞いた時、パルファンは得体の知れないライをローズレイの側に置く事は反対だった。

けれど、今は何故両親がローズレイにライに任せているのか分かる気がした。

そうして、めいめい食事を進める三人に声がかけられる。

「……お隣宜《よろ》しいかしら？」

「…………！」

「…………」

「あっ、はい！　どうぞ」

「ありがとう、混んでいてここしか空いてなかったの」

暗い銀色の髪をくるくると巻いてひとつに纏《まと》めた可愛らしい少女が、ローズレイの前に腰を掛《か》けた。

「パルファン様、お久しぶりです」

「あぁ」

「お兄様、お知り合いですか？」

「…………あぁ」

「はじめまして、ローズレイ様。私はマルナ・フォン・シルヴィウス。以後お見知り置きを」

「……………ッ、失礼致しました！　マルナ王女殿下、わたくしは……」

「ここは学園。そんなに改まらなくて大丈夫よ！　ずっと貴女《あなた》に会ってみたかったの。同じクラスで嬉しいわ」

「はい……！　これから宜《よろ》しくお願い致します」

「敬語はなしよ、ここでは普通に接して頂戴《ちょうだい》」

マルナは小柄で可愛らしい少女だった。

ランダルトとは、あまり似ていないようだ。

ぱっちりとした瞳と、ハキハキとした話し方は意志の強さを感じさせる。

「ローズレイ様、貴女《あなた》と色々と話したい事があるの……放課後お時間あるかしら？」

マルナに誘われて、ローズレイは天にも昇る気持ちだった。

女の子と楽しくお喋りが出来るなんて、嬉しい事この上ない。

「……申し訳ないがローズレイは、すぐに帰らなければならないんだ」

パルファンがすぐにマルナに断りを入れる。

「あら……そうでしたの」

「……お兄様っ！　折角お誘い頂いたのに失礼ですわ！」

ローズレイの高揚した気分は、一瞬にして地に落ちてしまった。

「しばらくは、真っ直ぐ家に帰れと言われているだろう……」

「でも……！」

「………ローズレイ」

パルファンの声に、怒りが篭《こも》る。

ローズレイが学園に慣れるまでは、授業が終わり次第、すぐに家に帰ってくるようにとビスクから言われていた。

それに、この大勢の人が注目している中で、ローズレイが承諾してしまえば、明日から引っ切りなしに誘いが来るだろう。

そうなれば、今まで両親がしてきた事が無駄になってしまう。

どこでどんな危険が及ぶか分からない。

だからこそ今は慎重に動くべきだと判断したのだった。

「…………事情がありそうね。申し訳ありません、パルファン様。初めてローズレイ様とお話し出来たので浮かれてしまったみたい」

「マルナ王女、ご理解感謝致します」

「お父様とお母様にお家に伺《うかが》えないか相談してみますね」

マルナはローズレイにニコリと笑いかけた。

ローズレイは同じ歳のマルナと話せた事で、嬉しい気持ちで一杯だった。

「ご馳走様……公務があるので先に失礼します。ローズレイ様、またね」

「マルナ様、また」

マルナは手を振り、食堂を後にした。

浮かれっぱなしのローズレイは、デザートを食べながら、マルナの事を考えていた。

一方、ライとパルファンは周囲を威嚇《いかく》していた。

マルナとローズレイのやり取りを見ていた人達が、ローズレイに話しかけようと近づいてきたからだ。

ローズレイに悟《さと》られないように、〝近づくな〟というオーラを出し続けていた。

そんなパルファンとライのタダならぬ様子に周囲の足は止まる。

マルナの場合は、ランダルトと同様、決して断れない。

それに、ローズレイと友人になる人物として、王族ではあるがマルナ以上の適役は他にいない。

ビスクにそう言われていたから相席を許したのだ。

しかし、マルナの方から近づいてきたのは予想外だった。

「……ローズレイ、帰ったら相談してみると良い」

「っ、いいのですか!?」

「あぁ、だが許可が出るまで誰の誘いも受けるなよ……」

「はい！」

ローズレイの頭の中はマルナの事で一杯で、その言葉の意味を深く考える事はなかった。


学園が終わってローズレイが帰ってくるのを、リズレイは玄関をウロウロしながら待っていた。

「ただいま戻りました」と笑顔で帰ってきたローズレイを見て、ホッと胸を撫で下ろしたリズレイは、号泣しながらローズレイに抱きつく。

ライはリズレイを宥《なだ》めるローズレイに「着替えてきます」と一言声を掛《か》けてから、ゼフに連れられてビスクの部屋へ早足で向かった。

仕事を早々に切り上げて帰ってきたというビスクは腕を組み、どす黒いオーラを出している。

だが、ビスクはライの姿を見ると表情がパァッと明るくなる。

「旦那様、ただいま戻りました」

「そうか！　そうか！　ローズレイは……？」

「お嬢様は泣かれている奥様を玄関で宥《なだ》めておられます」

「そうか……まぁ、そうだろうな……それで報告を頼む」

ライは今朝から学校が終わるまでの出来事を話していく。

学園長がローズレイを女神と呼んだ事や、嫌な視線を送ってきた令息や令嬢の名前。

ローズレイの学園での様子、それとパルファンと食堂に行った事。

そして……

「なに？　マルナ王女が……」

「はい、お嬢様とお茶をしたいと仰《おっしゃ》ってました」

「……思っていたよりも接触が早いな。ゼフ、何か裏がないか探《さぐ》りを入れてみてくれ」

「かしこまりました」

「ライ、王女の様子で気になる事はあるか？」

「…………いいえ、お嬢様と対等な友人関係になりたいとお考えのように見えました」

「ふむ……」

「こちらからも探《さぐ》ってみます」

「あぁ、頼むぞ」

ライは一礼すると、着替える為に自室に向かった。

ライはその後も、マイペースなローズレイに目を光らせながら緊張感のある日々を過ごしていた。

一方のローズレイは、ライと学園に通える事が嬉しいのか、毎日とても楽しそうにしている。

「ライとこうしてゆっくりと過ごせる日が来るなんて……とても幸せだわ」

「…………」

「だって、最近はこんなに二人きりでいた事ないでしょう？」

ライは嬉しそうに微笑《ほほえ》むローズレイを見ていた。

ローズレイを見ていると、ライは今まで感じた事のない温かな気持ちになる。

（側にいられるだけでいい……）

この笑顔を見られるだけでライの心は満たされるのだ。

けれど、本当は自分の気持ちに気付いている。

「ライ、これもとても美味《おい》しいわよ」

口に突っ込まれたサンドイッチを咀嚼《そしゃく》しながら、ライは笑顔でサンドイッチを頬張《ほおば》るローズレイを見ていた。

「どう？　美味《おい》しい？」

「ん……」

サンドイッチを食べ終わると、ローズレイは徐《おもむろ》にハンカチを自分の膝の上に置き、ポンポンと膝を叩く。

怪訝《けげん》そうな顔をしたライに、頭を乗せるように促《うなが》すローズレイ。

段々と不機嫌になるローズレイに、ライは仕方なくローズレイの膝に頭を乗せて寝転がった。

すると嬉しそうに顔を綻《ほころ》ばせてライの頭を撫でるローズレイ。

ご機嫌なローズレイは聞いた事のない歌を歌っていた。

ライは瞼を閉じて穏やかな気持ちに身を任せていた。


その日、ローズレイが学園から帰ると、マルナとのお茶会の日取りをリズレイから聞かされた。

ローズレイの前に何着も用意されたドレスを、興奮しながらローズレイにあてがうリズレイ。

お茶会が実現したのは、マルナと食堂で話してから二ヶ月以上も経ってからだった。

銀色の馬車に乗ったマルナは薄い紫のドレスを纏《まと》って優雅に歩いてくる。

ローズレイはマルナを出迎える為に玄関の前でユーアと共に待っていた。

「ようこそおいで下さいました。マルナ王女殿下」

ローズレイはマルナの手を引き、庭へと急いだ。

「……まぁ、素敵なお花」

「ありがとうございます！」

一面に広がる花は、庭師と作り上げた自慢の庭である。

ここはローズレイが大好きな場所だ。

花に囲まれるように設置してもらった椅子とテーブル。

ライが椅子を引き、マルナはゆっくりと腰掛ける。

マルナは紅茶を運んできたライを見て、驚いている。

「この方は屋敷の従者だったのね……」

「うーん……ライは従者だけれど、友達のような…………護衛で、とても大切な家族ですわ」

いつもローズレイの側にいてくれるライには感謝してもしきれないほどだ。

「いつもありがとう……ライ」

ローズレイがライにお礼を言うとライはいつも通り「はい」と淡々と答える。

マルナは信じられないといった顔をしていた。

それに気付いたローズレイはマルナに「どうかしましたの？」と問いかける。

「だって従者にお礼なんて！　それに護衛で友達で家族……？　不思議で仕方ないわ」

それは以前の世界の感覚が残っているからかもしれない。

ローズレイはヒューレッド家で働く人達を家族だと思って接していた。

こんなに温かい居場所をくれるみんなの事が、心の底から大好きなのだ。

その心掛《こころが》けがヒューレッド家に伝わり、思い合ってはいても殺伐としていた屋敷が、柔らかい雰囲気に変わっていった。

それに沢山の優しさを与えてくれるみんなの為にも役に立ちたい。

その気持ちがあるからこそ魔法を作ろうと思うのだ。

「……この屋敷にいる人達はみんな、私の大切な家族なの」

「家族……？」

「そう、だから感謝も伝えるし、大切にしたい……」

「………ローズレイ様は本当に女神のようね……お兄様がこだわる理由が少し分かるわ」

「……お兄様って？」

「うふふ、此方《こちら》の話よ。気にしないで」

マルナは優雅に紅茶の入ったカップを持ち上げて、口元へと運んだ。

「……あの、内緒の話があるのだけれど」

「何です？」

他愛もない世間話をしていると、ふとマルナが呟いた。

「実は……」

マルナは紅茶を一口飲み込むと、ユーアとローズレイを真っ直ぐ見つめた。

「……私」

ゴクリと唾《つば》を飲み込む。

「……恋をしているのです」

マルナが赤く染まった頬に両手を添える。

シリアスな雰囲気は一転、恋の話に騒ぎ出す三人。

「……もう毎日胸が熱くなってしまって」

「素敵ですわっ!!」

「えぇ……毎日お顔を見るだけで幸せな気分になるの」

「想い人は、どんな方なのですか？」

ローズレイは身を乗り出してマルナに問う。

マルナは愛おしそうな表情を浮かべながら口を開いた。

「……パルファン・ヒューレッド様ですわ」

「………へ？」

ローズレイは口をポカンと開けてマルナを見つめた。

背後に控えているユーアは、小さく「さすがパルファン様」と呟いて嬉しそうにしている。

「パルファン様です」

予想外の言葉に、ローズレイは言葉が出てこなかった。

「えっと……それは……本当ですか？」

「ええ、本当よ……でもライバルがとても多くて」

「えっ⁉　あのお兄様が⁉」

「パルファン様は、うちのお兄様と同じくらいモテるのよ？」

パルファンがいかに素晴らしいか、どこがカッコイイのかとマルナが嬉しそうに話しているのを聞いていると、妹として誇らしいような恥ずかしいような、そんな複雑な気分になる。

「わたくしはマルナ様を応援します」

「……ありがとう」

満面の笑みを浮かべたマルナは、ローズレイに差し出された手をギュッと握り返した。

「これから二人きりの時はマルナと呼んで」

「うん、マルナ」

それから改めて、好きになった経緯やパルファンとの出会いの話を聞いていると、マルナの顔に影が落ちる。

「でもね……きっと私の事なんて何とも思っていないわ」

「マルナ……」

「それに本当は分かっているの……この恋が叶わない事くらい」

マルナはドレスをギュッと握りしめた。

どんなに気丈に振る舞っていても、好きだという気持ちは溢《あふ》れ出てきてしまうのだろう。

「だからずっと気持ちを押し殺してきたの……。きっとご迷惑になってしまうし、遠くから見ているだけでも満足だわ」

「そんな……」

「私は政略結婚の道具でしかないわ。王女だもの……それは受け入れているの。それにパルファン様は公爵家の跡取り……」

「マルナ……」

「だから自由に出来る今だけは、好きなものを好きだと言いたかった……私の話を聞いてくれてありがとう、ローズレイ」

一瞬だけ悲しそうな表情を浮かべたマルナは、それを隠すように笑みを浮かべた。

それが、この世界に来る前に会ったローズレイの姿と重なって見えた。

何もかも諦めている……そんな表情だった。

「……大丈夫よ、マルナ」

「え……？」

「きっと……運命は変わるわ！」

「……運命？」

ローズレイは自分にも言い聞かせるように呟いた。

ローズレイの運命は今、この瞬間も変わり続けている。

だからこそ、簡単に諦めてはいけないような気がするのだ。

「自分が行動すれば、何か変わるかもしれないでしょう？　諦めていたら、そこで全てが終わってしまうわ。後悔するのは全力でぶつかった後でも遅くないはずよ……！」

マルナは大きな目を見開いた。

「そんな事……初めて言われたわ」

「後悔だけはしたくないもの！」

「そう……そうね。私は気持ちを隠そうと必死だったの……でも本当は好きなものは好きだと言いたい……結果はどうなってもいい……今を全力で楽しむ事にするわ！」

マルナはキラキラとした笑顔で言った。

ローズレイも嬉しくなり微笑《ほほえ》んだ。

「ローズレイの言葉で勇気が出たわ！」

「ふふ、良かった」

「お礼がしたいわ！　何か私に出来る事はあるかしら？」

「マルナが友達になってくれただけで十分よ」

「何か悩みはある？　力になるわ」

マルナの言葉を聞いて、ローズレイはハッとする。

もしかすると、これはチャンスなのではないだろうか。

「マルナに言うのも何なんだけど……その」

「大丈夫よ、ここでの話は口外したりしないわ」

「…………わたくし、ランダルト殿下と婚約したくないの」

これはローズレイの未来を守る為だ。

今は一人でも味方が欲しかった。

「まぁ……！　お兄様との……」

「……不快な思いをしたらごめんなさい。でもわたくしは……」

「――協力致しますわッ!!」

「えぇぇッ!?」

ローズレイは思わず立ち上がる。

テーブルに載っていたカップや皿がガチャンと大きな音を立てた。

「あら？　どうしました？」

「マルナの答えが意外すぎて……」

何故？　どうして……と問われるのかと思いきや、まさかの全面協力発言に驚いてしまう。

慌てて椅子に腰掛けて咳《せき》払いをする。

「もちろん、理由は分かっているわ……！」

「……え？」

「うふふ、私と同じ禁断の恋でしょう？」

「……？」

マルナの言っている言葉の意味がしばらく分からなかった。

微笑《ほほえ》みを浮かべるマルナの視線の先には、此方《こちら》の様子を少し離れたところで窺《うかが》っているライの姿がある。

「……なっ!?　違うわ!!」

「随分《ずいぶん》と仲が良く見えるけど……？」

「ラ、ライは家族ですもの……！」

ライと目が合ったが、マルナの言葉を意識してしまい思いきり視線を逸《そ》らしてしまった。

赤くなる頬を必死に押さえた。

その後も、本当にライは家族のような存在なのだと言っても、マルナは信じてくれなかった。

「まだ少ししか一緒にいない私にも分かりましたわ。二人は特別な関係なのでしょう？」

「ライとは、そういうのではなくて……」

「禁断の恋をしたもの同士、協力しましょうね」

「もう！　マルナってば……」

最後までローズレイの話は信じてもらえそうになかった。

こうして、楽しいお茶会は幕を閉じたのであった。


ローズレイはあの日から、ライの事を変に意識してしまうようになった。

ライとの関係は一言では説明出来ない。

大切な存在で、側にいると心地いい。

それはゼフやユーアも同じなのだが、ライとはまた少し違うような気がした。

でも、それは家族だからであって恋ではない……と思う。

(……ライは、どう思っているんだろう)

庭でボーッと空を見上げていたローズレイは本をパタリと閉じた。

内容が、全く頭の中に入ってこない。

「お嬢様」

「…………」

「…………ローズレイ」

「ッ、ひゃい!?」

「何してるんだよ……」

ローズレイは焦りすぎて、本を片手に右往左往する。

ライが溜息《つ》を吐いて、ローズレイの手を引く。

「…………っ！」

「…………⁉」

パチン……と乾いた音が鳴る。

思わず、ライの手を振り払ってしまった。

ライは目を見開いて、此方《こちら》を見ていた。

「あっ、ご、ごめんなさい……」

「…………」

「そんなつもりじゃないの」

ローズレイは両手をギュッと握りしめた。

どう説明すればいいか分からずに、焦って言い訳を並べていた。

ここ数日、ローズレイはライの事を避けていた。

気持ちが落ち着くまで待とうと思っていたのだが、ライを見ると恥ずかしくなってしまうのだ。

「…………チッ、あの女」

「……え？」

「あの王女に何言われたんだ……？」

「……マ、マルナは何も……」

「………俺に触れたら穢《けが》れるとでも言われたか？　それとも呪いを受けるとか……!?」

ライは眉間にシワを寄せて怒りを露《あら》わにする。

あまりの勢いに、心臓がドクドクと音を立てる。

「そんなっ………違うわ！」

「じゃあ、何故………俺から逃げる？」

ローズレイはいつもより饒舌《じょうぜつ》なライに驚いていた。

鋭い雰囲気に圧倒されて逃げようと後ずさるが、いつの間にか追い詰《つ》められて腕で逃げ道を塞《ふさ》がれてしまう。

背には木、目の前にはライの綺麗《きれい》な顔がある。

こんな荒々しいライは、屋敷に来た時以来ではないだろうか。

だけど、不思議と怖くはなかった。

ライは自分を傷付けないと分かっているからだ。

それなのに、変に意識をしてライを傷付けてしまった。

理由も分からずに避けられたら誰だって悲しいし、ライが怒るのも当然だ。

ずっと側にいて欲しい……。守りたいと思うし、傷付けたくない。

ライはローズレイにとって誰よりも特別な存在だ。

「……ごめんなさい、ライ」

「………………」

「マルナがね！　わたくしがライの事を好きなんじゃないかって言うから、変に意識してしまって……」

「……ッ!?」

「でもやっぱり、これは……家族愛というものなのかしら……？」

「………は？」

「だってライの事、大好きだし守ってあげたい。それに……ずっと一緒にいたいもの。貴方はわたくしの特別なの！」

「………ちょっと待て」

「答えが出て良かった!!　悩んで損しちゃったわ、スッキリ！」

「おい……！」

ローズレイはライの腕からスルリと抜け出すと、鼻歌を歌いながら去っていった。

嫌われたかと思っていたが、まさか逆だとは思わずにライは片手で額を押さえた。

あのローズレイが自分を男として意識したなんて誰が想像しただろう。

王女には感謝しなければならないくらいだったのに……

けれど自分でチャンスを潰してしまったようだ……

（大好き、一緒にいたい、特別……）

ローズレイの言葉を思い出す。

諦めようとすると、こうして気持ちを揺《ゆ》さぶるような事を言うのだ。

その言葉に一喜一憂して、振り回されている自分がいる。

「特別、か……」

あの白銀の髪に触れるたびに愛おしさが込み上げてくる。

あの瞳に自分が映っているだけでいい。

全てを懸《か》けて守りたい。

誰にも渡したくない。

こんな気持ち、間違っているのは分かっている。

けれど、年々気持ちは増すばかりで消えてはくれない。

ローズレイが誰かを愛したら？

結婚してしまったら……？

（……考えただけでおかしくなりそうになる）

息が出来ないほどの嫉妬心。

自分の中の凶暴な感情に気付かないふりをしていたのに、改めて突きつけられる現実は苦しいまだった。

「………ローズレイ」

次の日、ローズレイはすっきりとした気持ちで学園の中庭で本を読んでいた。

すると頭上に影が落ちる。

ライがパルファンに呼ばれて少し席を外していた時だった。

「こんにちは、お嬢さん」

「…………」

ヒョイと本を取り上げられて、ローズレイは初めて自分に話しかけられているのだと気付く。

目の前に立ち塞《ふさ》がる鈍色《にびいろ》の髪をした男。

飄々《ひょうひょう》とした態度に貼り付けたような笑み。

なんとも不思議な雰囲気である。

「…………どちら様ですか」

「へぇ、本当に箱入り娘だな……」

「……失礼します」

「待てよ」

男は立ち去ろうとしたローズレイを引き止めるように手首を掴《つか》んだ。

想像以上に強い力にローズレイの顔が歪《ゆが》む。

「あぁ、ごめんなぁ……？」

「離してくださいませ……っ！」

いつの間にか、人がいなくなった中庭。

いつもは沢山の人が行き来しているはずなのに。

「俺はスタンカート・フォン・シルヴィウス」

「…………!?」

「よろしく、銀色の女神様」

「…………失礼致しました。ご尊顔を知らずに……申し訳ございません。スタンカート殿下」

目の前にいるのは、この国の第一王子、スタンカートだった。

社交界デビューしていないローズレイは……いやそれ以前に外出を制限されていた為、ランダルト以外の王族の顔をよく覚えていなかった。

「堅苦しいのは好きじゃないんでな、名前で呼べよ」

「…………いえ、そういうわけには」

スタンカートの立ち振る舞いや喋り方はとても王族とは思えない。

荒い言葉遣いに乱暴な態度。

鈍色《にびいろ》の髪をオールバックにして、服装も貴族とは掛《か》け離れたものだった。

(これが以前のローズレイを気遣ってくれたスタンカート殿下なの？　とてもそうは思えないけど、何だろう……この違和感)

「……殿下、手を離してくださいませ」

「嫌だ。離したらお前は逃げるだろう……？」

第一王子を相手に下手な事は出来ない。ローズレイはスタンカートを投げ飛ばしたいのを必死に堪《こら》えていた。

「ははっ……離してほしい？」

「……お戯《たわむ》れが過ぎますわ」

突然、ぐっと手首を引かれて、スタンカートの腕の中に閉じ込められてしまう。

いっその事、殴り飛ばしてしまおうか……

ローズレイは拳に力を込めた。

「……やっぱり欲しいな、ランダルトから奪うのもいい気分だろうな」

「!!」

「……なぁ？　俺のものになれよ？」

どこまでも薄暗い沼のような鈍色《にびいろ》の瞳と目が合った。

切れ長の目が嬉しそうに細められて、唇は三日月のように弧を描いていた。

スタンカートの唇が近づいてきて、ローズレイは思わず手を振り上げた。

すると、スタンカートの頬にローズレイの爪が当たり、ツーッと血が伝う。

「……！　失礼を致しました。っ、お詫び申し上げます」

「……謝れば済むと？」

「いいえ……深く反省しております」

「じゃあ……お詫びとして、俺と婚約するってのはどうだ？」

「…………婚約」

「そう、婚約だ」

ローズレイはスタンカートの言葉に目を見開いた。

「…………………い…………す……」

「……………聞こえないなぁ？」

「……………是非、お願い致しますわ！」

「……………はぁぁッ!?」

ローズレイの反応が予想外だったのか、スタンカートは唖然《あぜん》としている。

ローズレイはニッコリと微笑《ほほえ》んだ。

そのタイミングでライが戻ってきて、ローズレイを守るようにスタンカートの前に立ち塞《ふさ》がった。

スタンカートを警戒して殺気を剥《む》き出しにしていたライは、ローズレイから「スタンカート殿下に婚約を申し込まれたので受けようと思いますの」と聞いて、驚き大きく首を横に振った。

「絶対にダメだ！」

「あら、何故？」

ライはスタンカートとの婚約を止めようと必死にローズレイに訴えかけている。

その顔には見た事ないほどに焦りが滲《にじ》んでいた。

「ローズレイ！　……それはっ」

「どうしたの？」

「婚約なんてやめてくれ」

「……どうして？」

「……っ」

ライは珍しく口籠《ごも》る。

下唇を噛み締《し》めたライは小さな声で呟いた。

「…………俺が嫌なんだ」

「……え？」

ローズレイはライが何を言ったのかが聞き取れずに首を傾《かし》げた。

「何でもない……相談もせずに決めるのはやめた方がいい」

「お父様とお母様には、わたくしからキチンと説明するから大丈夫よ」

「………………」

「それに、わたくしに良い考えがあるの」

スタンカートと婚約すれば、ランダルトとの婚約は完全になくなるので、ローズレイにとっては悪い話ではない。

国からの押しは強く、このままではランダルトとの婚約からは逃げられない気がしていた。

王族であり第一王子のスタンカートであれば、全ての条件を満たしている。

スタンカートこそ、現状を突破出来る唯一の人かもしれない。

「その前に、スタンカート殿下に聞きたい事がありますの……何か事情があるのですか？」

「は………？」

「そんなに一生懸命嫌われようとしなくても……」

「……ぷっ、あははっ！」

スタンカートは噴き出すように笑い始めた。

「か弱い令嬢かと思えば……制服の下にナイフ仕込んでるわ、殺気が漏《も》れてるわで……！

あー……面白れぇ」

スタンカートの雰囲気がガラリと変わる。

先程までのスタンカートは何処《どこ》かへ消えてしまったようだ。

「よく反撃しなかったなぁ！　いつ殴られるかと冷や冷やしたぜ」

「……それは、第一王子ですし」

「まぁ、そうだよな……さすがビスクさんの娘だ」

「……父をご存知なのですか？」

「もちろんだ。俺を鍛《きた》えたのは、お前の父だ」

「……初耳ですわ」

「お前とも小さい頃に何度か会った事あるんだぜ？　まぁ……覚えてねぇか」

ひとしきり笑った後、スタンカートは額に手を当てると深い溜息《ためいき》をついた。

「あー……お前のせいで、計画がぐちゃぐちゃになっちまった」

「計画……？」

「……普通の御令嬢だったら、泣いて親に言って終わりだろう……？　どういう事だよ……」

人払いをしてあるが、そろそろ限界だ……と、スタンカートは小さく言った。

鈍色《にびいろ》の髪をグシャリと崩し、前髪を下ろしたスタンカート。

「まず……先程はすまなかった」

「……………スタンカート殿下」

「スタンカートでいい。結論から言うが、お前をランダルトから奪うつもりはない」

「……あの、わたくしはランダルト殿下のものではございませんが……」

「嘘だろ……？　父上がもうお前はランダルトの婚約者に決まっていると……」

「………そのような事実はありません」

「そうだったのか……！　俺は、てっきり……」

「でも……何故こんな事を？」

「お前の嫌がる事をすれば自由になれると思ってな……」

スタンカートは淡々と、こんな事をした経緯を説明した。

自分が最低な我儘《わがまま》王子を演じていれば、いつか自由になれるのではないかと期待していた事。

けれど誰も巻き込みたくなくて、婚約者も作らなかった事。

周囲はスタンカートの我儘《わがまま》な態度や行動は王族に相応《ふさわ》しくないと、追い出そうとしてくれている
らしいが、マルナがどうしても嫌だと言う為に、拮抗《きっこう》状態が続いているのだという。

「……俺の都合に巻き込んでしまって本当にすまない」

「スタンカート殿下……」

「ランダルトの婚約者候補で、王家や公爵からも大切にされてるお前に手を出せば、追放でもして

くれるんじゃねぇかって期待したんだ………さっき掴《つか》んだ所、怪我してねぇか？」

「はい、わたくしは大丈夫です」

そして、スタンカートはライを見て悲しげに目を細めた。

「……黒髪の者達が受けている現状については理解している……もっと安心出来る場所を作るにはどうすればいいのか、考えてはいるんだが上手くいかないんだ……今まで辛い目には遭わなかったか？」

「………はい」

ライは複雑そうな表情でスタンカートを見ていた。

「さて、これからどうするかな……」

「わたくしと婚約すればいいのです」

「!?」

「だからッ！　何でそうなるんだよ!?」

スタンカートはグシャグシャと頭を掻《か》く。

「俺の噂は知らないのか……？」

「……ええ、ごめんなさい。何も知らなくて」

素行も口も悪く、王族らしくない駄目王子。

城下に降りては、派手に遊び女を取っ替え引っ替え。

我儘《わがまま》で傍若無人《ぼうじゃくぶじん》……等々、悪い噂ばかりらしい。

しかし、ローズレイは思った。

どこまでも真っ直ぐで自分の気持ちに正直なスタンカートは、身分を気にする事もなく、謝罪出来る誠実さと他人を気遣う優しさを持っている。

ローズレイには聡明で国の事を想う素晴らしい人に見えたのだ。

「……スタンカート殿下は、なぜ国王にならないのですか？」

「は………？」

「お嬢様……！」

スタンカートはローズレイを見て目を見開いた。

ライは焦っているが、どうしてだろう？　と考えても答えは出ない。

「この髪色を見て何も思わないのか？」

「……？　綺麗《きれい》な色ですね」

「………本気で、そう言ってんのか？」

スタンカートの言葉には怒気が含まれていた。

何か失礼な事を言ってしまったのかと、ローズレイは首を傾《かし》げた。

スタンカートは自分の髪色のせいで、第一王子なのに王位を継げない事や、どんなに頑張ってもこの色である限り、周りに認められなかった事を話してくれた。そこまで話されればローズレイもどこかで学んだ気はするが、やはり実感はない。

「………髪色だけで？」

「ああ、綺麗《きれい》な銀色の髪を持つランダルトが生まれて悟《さと》ったよ。どんなに頑張っても俺は王にはなれないし、周囲から認められる事もない。それを悟《さと》ってからは王家から逃げるために、城下に降りて色々と準備をしてきたんだ」

「こんなに素晴らしい人なのに……勿体《もったい》ないわ」

「なっ……!?」

スタンカートの乱れた髪を直す為に、ローズレイは手を伸ばす。

「……………んなっ！　近いッ！　その綺麗《きれい》な顔を近づけるな……！」

さっきは自分で近づいてきたくせに、ローズレイが触れると恥ずかしがるのは何故だろう。

スタンカートは顔を真っ赤にしていた。

褒められる事に慣れていないのだろうか……照れているスタンカートを見ると可愛いとさえ思えてしまう。

「と、とっ、とにかく！　お前との婚約の話はなしだからな！　俺が王家から逃げられないだろう……？」

「えー……」

「…………それにお前は王族との結婚を嫌がってんじゃねぇのかよ」

「はい、嫌です」

「だったら……！」

「うふふ……わたくしに良い作戦がありますの。スタンカート殿下にとっても悪い話ではないはずですわ」

ローズレイはニッコリと微笑《ほほえ》んだ。

上手くいけばローズレイが望む最高の形になるだろう。

スタンカートには申し訳ないが、ローズレイだって貴族でいる限り結婚からは逃げられない。

このチャンスを逃したくはなかった。

「わたくしと期間限定の取引を致しませんか……?」

3章　乙女ゲーム

——あれから一年の月日が流れた。

ローズレイは十八歳になる。

相変わらずライと共に学園へと通っていて、マルナとも毎週お茶をするほどに仲良しである。

変わった事といえば……

「カート様、ごきげんよう」

「ローズ、今日も美しいよ」

「まあ、お上手ですわね」

「本心さ」

ローズレイとスタンカートが婚約した事だった。

最初は婚約を嫌がっていたスタンカートだが、ローズレイが提示した条件に頷いた。

ローズレイは、ランダルトの婚約者にはなりたくないし王家に嫁《とつ》ぐ気など更々ない。

しかし王家は、魔法を創造する事が出来るローズレイを、どうしても取り込みたい。

ならば、スタンカートと婚約すれば、王家にも角が立たないし、間接的にローズレイを手に入れた事になる。

何故なら、スタンカートは王家から離れて自由になりたい、という願いを叶える為にローズレイと婚約者のフリをしているからだ。

スタンカートはいずれ王家から離れるのだから、ローズレイも王家に入る事はない。

上手く事が進めば、一石二鳥どころか四鳥くらいは飼い慣らしている事になる。

両親に学園を卒業するまではスタンカート殿下と婚約関係でいたいと言うと、大反対され、大変な騒ぎになった。

だが、スタンカートの噂の真相や、お互いの希望や目的を話すと、ビスクとリズレイは二人に協力すると言ってくれた。

そして、学園を卒業して婚約を破棄した後はどうするかを話し合い、計画を練った。

それから下準備をして、スタンカートと婚約した。

二人に恋愛感情はないが、とても良い関係である。

それに、スタンカートが悪く言われないように〝ローズレイがスタンカートに惚れ込んで結婚を申し込んだ〟という事にしていた。

スタンカートは反対したが、ローズレイはそれでいいと思っていた。

後々、スタンカートが王家から出た後、この噂が役に立つと思っていたからだ。

〝騙《だま》された箱入り娘〟、〝世間知らずの女神〟と、ローズレイを馬鹿にする噂が流れると、それを許せなかったスタンカートは、外見を整え、表向きは口調を正し、第一王子らしい立ち振る舞いをするようになった。

「そこまでしなくても……」とローズレイが言うと、「俺がそうしたいだけだ」と言われてしまった。

無理をしてまで横暴に振る舞っていたが、元に戻せて、気が楽だと話してくれた。

蔑《ないがし》ろにしていたスタンカートがローズレイと婚約した事で、周囲の人々の態度が百八十度変わったらしい。

そして、あのリズレイと、ビスクにも気に入られていると、スタンカートの株は鰻《うなぎ》登り。

ローズレイも、傍若無人《ぼうじゃくぶじん》の我儘《わがまま》王子を矯正させたと一目置かれるようになり、令嬢達からの恋愛相談が殺到した。

ランダルトは、ローズレイとスタンカートが婚約してすぐに隣国へと留学してしまった。

約一年の留学を経て、隣国から帰国してしばらく経っても、ランダルトは婚約者を決めなかった。

国王が三大公爵家以外の婚約者候補を用意しても、首を縦に振らなかった。

終《しま》いには「誰でもいい」と言う始末で、年齢的にも婚約者がいないのは異例だと問題になり、マルナの進言もあってスピルサバル家の御令嬢、ルーナルアが婚約者となっている。

噂では、隣国に想い人がいるのでは……と囁《ささや》かれていたが、マルナによると、ずっと学業と政務に打ち込んでいるそうだ。

体を壊さないか心配になるほどらしい。

けれど、ローズレイには分かっていた。

もうすぐスフィアという可愛らしい少女が現れて、ランダルトの心を奪うのだ。

そしてスフィアに恋をして、婚約者に婚約破棄を言い渡す。

そうなる事を考えると、ローズレイは、ランダルトの婚約者である、ルーナルアに申し訳ない気持ちで一杯になった。


「今日は転入生を紹介する。自己紹介してください」

「はい！　えっと……スフィアです。宜《よろ》しくお願いします」

教室をグルリと見回したスフィアは可愛らしく微笑《ほほえ》んだ。

艶《つや》のある金色の髪と瞳、桃色の唇、白い肌、小柄な体。

ふわふわとした雰囲気と可愛らしい仕草に、教室にいる令息達は騒めきたっている。

隣に座るライは相変わらず他人に興味がないようで、ローズレイの長い髪をサラサラと指で撫でて遊んでいた。

学園に通っている間だけは、昔のように接してくれるので、この時間が大好きだった。

そんなローズレイとライを見たスフィアの動きがピタリと止まる。

先程の可愛らしい笑みは消え、わなわなと体を震わせて、表情が険《けわ》しくなった。

なるべく関わりたくないのでローズレイはスフィアと目が合わないように視線をそらした。

担任のシルグレイに促《うなが》されるまま、席に座ったスフィアの方から、チクチクとした視線を感じるが、ライが体の角度を変えて遮《さえぎ》ってくれた。

そしてお昼休みになり、スフィアの席には令息達が群がっていた。

しばらくすると黄色い声が上がる。

どうやらパルファンがローズレイを迎えに来てくれたようだ。

毎回、パルファンがローズレイの教室に来るたびに、この現象が起こる。

ここ最近、更にモテるようになったのだと、マルナが心配そうに言っていた。

パルファンには連日、山のようにラブレターが届いている。

以前のパルファンは小物感たっぷりだったが、ランダルトに婚約者がいる今となっては、ヴェーラー家の宰相の息子を超えて、断トツの人気だ。

何故なら、パルファンには婚約者がいない。

何故かと理由を聞いても、上手くはぐらかされてしまう。

両親も困った顔をするだけで、何も教えてはくれないのだ。

「ローズレイ、お昼に行きましょう！　Bセットが待ってるわ」

「ええ、行きましょう！」

マルナとは今年も同じクラスで、魔法創造の関係で毎日登校出来ないローズレイが学園に来る日には出来るだけ、公務を入れずに学園に来てくれる。

マルナは超がつく美少女であり、ローズレイの自慢の友人だ。

そんな美しいマルナを見初《そ》めた隣国の王子との婚約の話が進みそうだと、彼女は悲しそうに言っていた。

「お兄様も、お迎えありがとうございます」

「パルファン様、私も御一緒しても？」

「もちろんですよ、マルナ王女殿下」

マルナは熱い視線でパルファンを見つめている。

最近は、パルファンも優しい目でマルナを見ている。

微笑《ほほえ》ましい様子にローズレイの心は温かくなる。

マルナは、あのお茶会を境にパルファンに地道なアピールを開始した。

パルファンも、近頃はマルナの気持ちに応《こた》えているようだ。

初めは妹のように思っていたマルナに好意を持たれていると気付くと、困惑した様子を見せていたが、今はパルファンも満更《まんざら》でもなさそうである。

今となっては、教室に来るのは、ローズレイではなく、マルナに会う為と言っても過言ではない
二人が結ばれたらいいのに……そう思わずにはいられなかった。

「……あのっ、すみません!!」

後ろから甲高い猫撫で声が聞こえて、振り返るとスフィアが笑顔を浮かべながら立っていた。

「今日、転入してきたスフィアです!!　お名前を教えて下さいっ」

食い込むように入ってきたスフィアに、マルナとローズレイは引き気味である。

教室にいた令嬢達も、嫌な顔をしていた。

体をクネクネさせるのは癖なのだろうか……

ねっとりとした喋り方が気になって会話に集中出来ない。

眉間にシワを寄せ、冷静にスフィアを観察するローズレイをマルナが肘《ひじ》でつついた。

「………パルファン・ヒューレッドだ。宜《よろ》しく、スフィア嬢」

「えっ……!?」

「………?」

「……あっ、その、私、元々平民で何も分からなくて……だから色々と教えてくださいっ！」

パルファンが自己紹介をすると、スフィアは一瞬、びっくりしたような顔をした。

けれどすぐにその表情は消え、パルファンに腕を絡めながら満面の笑みを向けた。

パルファンは熱の篭《こも》った視線に慣れているのか適当に受け流している。

「あのぅ、貴方のお名前は……？」

「………」

ツーンとして、顔を背《そむ》けているライは、スフィアの言葉を完全に無視していた。

こんなに堂々と人の存在を無視するのはライだけだろう……

見兼ねたパルファンがライに目で合図すると、大きな溜息《ためいき》を吐《つ》きながら一言、「ライ……」と呟いた。

その名前を聞いたスフィアは、先程よりも驚いた顔でライを見ていた。

黙り込んでしまったスフィアに周囲も困惑してしまう。

ローズレイとマルナの存在は、スフィアの中ではいないも同然なのだろう。

チッ……と小さく舌打ちをしたライがローズレイに声を掛《か》ける。

「……お嬢様、時間の無駄です。行きましょう」

「………えぇ」

「ッ、お嬢様ですって……!?」

先程とは全く違う低い声で呟いたスフィアは、ローズレイを大きな瞳でギラリと睨《にら》む。

あからさまに向けられる敵意に、パルファンとライがローズレイとスフィアの間に入り、視線を遮《さえぎ》った。

その行為に、何を勘違いしたのかは知らないが、スフィアはうっとりしながら二人の顔を眺めている。

パルファンは「失礼する……」と言ってローズレイの手を引いた。

ランダルトの婚約者ではないローズレイは、スフィアに関わる事もないと思っていたが、まさかの転入初日に絡まれてしまった。

何故か分からないが、剥《む》き出しの敵意を向けられている。

もやもやした気持ちと不安を抱えながら、ローズレイは食堂へと足を運んだ。

「あの子、絶対に私達を睨《にら》んでいたわよ？　気を付けた方がいいわ……」

どうやらマルナもスフィアに睨《にら》まれている……と感じたようだ。

敵視されているのはローズレイだけではないらしい。

結局、パルファンはやる事があると、早めに昼食を切り上げ、何処《どこ》かへ行ってしまった。

ライが持ってきてくれたケーキを頬《ほお》張《ば》りながら、ローズレイはぼんやりとスフィアの事を考えていた。


授業が終わったのに、いつもはすぐ迎えに来てくれるパルファンの姿が見当たらない。

「捜してきます。お嬢様はここにいて下さい」

そうライに言われてから十分以上経っていた。

さすがに痺《しび》れを切らしたローズレイは、パルファンの教室へと向かった。

…………が、途中で迷子になってしまったようだ。

広い学園内、橙色の空を眺めながらローズレイが途方に暮れていると……

「…………ローズレイ？」

「…………！　ランダルト殿下、お久しぶりです」

「あぁ……久しぶりだね。ますます綺麗《きれい》になって……」

「ふふ、ありがとうございます。殿下は何故ここに？」

「それはこちらのセリフだよ……」

ランダルトは困ったように笑った。

ここは一般の生徒は立ち入り禁止のエリアだったようで、ローズレイは「申し訳ございません……」と言って歩き出すが、ランダルトに引き止められてしまった。

どうやらローズレイが今行こうとした道も間違いのようだ。

「今、一人かい？」

「……えぇ」

「もしかして迷子……？」

ローズレイは恥ずかしくて顔を伏せた。

ランダルトは驚いたように少しだけ目を見開いた。

ローズレイはチラリとランダルトを見る。

隣国から帰ってきてから、ランダルトは意図的にローズレイを避けているように思えた。

何か粗相《そそう》をしたかと考えたが、心当たりもないので特に気にする事もなかった。

故にこんなに会話を重ねたのも久しぶりだった。

手紙のやりとりは、スタンカートと婚約したタイミングで途切れてしまった。

知らない間に、随分と印象が変わりとげとげしくなったランダルトを見て、ローズレイは不思議に思っていた。

「あの、お兄様を捜しておりまして………」

「あぁ、パルファンなら金色の髪の女子生徒から呼び出しを受けていたよ。もう教室にいるんじゃないかな？」

「ありがとうございます……」

「………」

「送っていこ………」

「ありがとうございますッ!!」

食い気味に言ったローズレイを見て、ランダルトは微笑《ほほえ》んだ。

だんだんと周囲に人がいなくなり、一向に教室に辿《たど》り着かないので不安だったのだ。

「………兄上とは、上手くいっているみたいだね」

「えぇ、カート様はいつも良くしてくださいます」

「……………そう」

ローズレイはスタンカートを思い出して笑みを浮かべた。

ローズレイがスタンカートの話をしていると、ランダルトの足がピタリと止まった。

「ねぇ……ローズレイ」

その声が暗く、少し震えている事に気付く。

「あの、ランダルト殿下……？」

「………」

ランダルトの瞳は伏せられていて、表情を窺《うかが》い知る事は出来ない。

スタンカートは最近、ランダルトの様子が気になると話していた。

何か思い詰《つ》めているのではないかと……

よく見ると肌は青白く、顔色が悪い。

目の下には隈が出来ている。

「……ずっと、不思議だった事があるんだ」

「……？」

「ローズレイ、僕の質問に答えてくれる……？」

「はい……」

ランダルトはローズレイに一歩、また一歩と近づいて行く。

ローズレイも後ろに下がるが、壁に阻まれてしまう。

ランダルトはそっとローズレイの顔の横に左右の手をついて、ローズレイを閉じ込めるようにして囲う。

「………で、殿下？」

「僕との婚約は断ったのに…………どうして兄上と婚約したの？」

「………！」

「僕と兄上、何が違うって言うんだ……？」

生気のないガラス玉のような銀色の瞳と目が合う。

どんどんと距離が縮まり、ローズレイは突き飛ばしたい衝動に駆られたが、自《みず》らの手を押さえて何とか堪《こら》える。

いつもの貼り付けたような笑みはなく、氷のように冷めた表情でこちらを見ている。

仮面を外した本当のランダルトの素顔を垣間《かいま》見た気がした。

「……さぁ、答えて」

「…………っ」

「……僕の事は初めから拒否してただろう？　初めは王家と関わるのが嫌なのだと思ってた。でも、マルナや兄上とは親密な関係を築いているね…………僕を避ける理由は何？」

ランダルトはローズレイを見下ろしながら言った。

いつもより低い声が耳元へと届く。

いつものランダルトではない事だけは確かだった。

「…………そ、れは」

「それは……？」

ランダルトと婚約すると、スフィアという少女が現れて、ローズレイは罪を被《かぶ》せられて追いつめられてしまう……という理由なのだが、本人を前にして直接話す事は出来ない。

そうでなくても、ランダルトと初めて会った時から苦手意識を持ったままだ。

この様子では、適当な理由を並べても納得してくれないだろう。

いつもは和《なご》やかで微笑《ほほえ》みを絶やさないランダルトが、今は見た事がないほどに荒々しい。

「僕と父上が何度婚約を申し込んでも、ヒューレッド家と君は首を縦に振らなかった………なのに、兄上には君から婚約を申し込んだそうじゃないか……？　ねぇ、僕の何がいけなかったの………教えてよ」

抑揚がなく怒気を孕《はら》んでいる声に、ローズレイは押し黙る。

壁とランダルトに挟まれて身動きが取れない。

あと少しでランダルトと唇が触れてしまいそうになり、ローズレイは思い切り顔を背《そむ》ける。

ランダルトの熱い息がローズレイの首筋にかかる。

（……逃げられない！　……こうなったら仕方ない。正当防衛だ）

ローズレイが一瞬の隙をついてランダルトを突き飛ばしてから腕を掴《つか》み、相手の体勢を崩そうと、足を引っ掛《か》けて転ばせようとした時だった。

ローズレイの行動を読んでいたようにランダルトが軸足に力を入れて、ローズレイの片方の手首を掴《つか》み引っ張りあげる。

「……痛ッ」

「…………相変わらず、君はお転婆だね？」

腕で体重を支えている為、骨が軋《きし》んだ。

空いている左手の指先で電気を溜めて、ランダルトの腹部へ電流を流し込もうと、もう片方の手を振り上げる。

――パシッ

「全く……油断も隙もないとはこの事だ」

「…………あっ」

「……僕が隣国で何してたと思う？　勉学も体術も死ぬ気で会得《えとく》したよ。君が気に入るかと思ってね……ローズレイ、君が相当な短剣の使い手だという事はパルファンから聞いて知っている。だから僕もそれなりに鍛《きた》えたんだ」

ゼフやライ並の反射神経にローズレイは驚いていた。

（まさかこんな事って……！）

「……ッ！」

「はは、隣国は体術が盛んでね。頑張ったかいがあったよ……それに短剣が得意でも、君は僕に絶対に刃物は向けない。だから純粋な力比べとなれば…………こうなるよね？」

ランダルトに手首を纏《まと》め上げられて、動きを封じられてしまう。

記憶の中……以前のランダルトは、ローズレイには全く興味を示していなかった。

それに、隣国に留学などしていなかった。

ローズレイの行動が変わり、それに合わせるように周囲が変化していく。

ランダルトはスフィアと恋をする……それすらも変わってしまうのだろうか？

「……は、離してくださいっ！」

「君はまだ、僕の質問に何一つ答えていない。あんまり僕をイライラさせるなよ……」

ランダルトは、眉間にシワを寄せて冷たく言い放つ。

二人を包み込む静寂……手首を掴《つか》む力は段々と強くなっていく。

「………ッ、こんなところを、見られてはルーナルア様が悲しまれます！」

「……ルーナルア？　……誰だい？」

「殿下の、婚約者です……！」

「あぁ………スピルサバル家の御令嬢か。どうでもいい……それに僕は兄上の婚約者と話しているだけだろう、誰が怪しむんだい？」

「……殿下は、わたくしに何を求めているのですか」

「僕は……」

「………」

「僕は……！　ずっと君を手に入れたかった……！」

「………」

「何で君だけが……僕のモノにならないんだよ!!　よりにもよって兄上と……！　クソ……ッ！」

その瞬間、ランダルトが駄々をこねる子供のように思えた。

何でも出来て、何でも手に入れられるランダルトだからこそ、手に入れられないローズレイに執着している。

こうして対峙しても尚、ランダルトはローズレイを見ていない気がした。

それは〝欲しい〟だけで、大切ではない。

以前も、そうだった。

スフィアは何人もの男性を虜《とりこ》にしていた。

そして、スフィアは誰のものでもなかった。

だからこそスフィアの心を奪おうと躍起になり、スフィアの為にと、ローズレイの気持ちを踏みにじった。

〝スフィア〟が〝ローズレイ〟に変わっただけ。

手に入れば満足する……それだけだ。

そこにあるのは、執着心と虚栄心、そしてプライド。

手に入らないから、強硬手段に出ている。

「君は、何故僕を選ばないんだ!!　その理由を聞いているんだよっ！」

「…………」

興奮して息を乱したからか、ランダルトの手首を掴《つか》む力が一瞬だけ緩まった。

ローズレイは大きく息を吸い込む。

――パァン!!

そして、ランダルトの頬を思いきり平手打ちを食らわす。

「…………ッ!?」

ランダルトは頬を押さえて、心底驚いた顔をしていた。

ローズレイは痺《しび》れた手のひらをヒラヒラと上下に動かした。

「…………申し訳ありません、殿下」

そして、ローズレイは我儘《わがまま》を言う子供を諭すように冷静に問いかける。

「あまりにも下らない事を仰《おつしや》るので……。それに女性を、こうも押さえつけなければ聞けない事でしょうか？」

「……‼」

「選ぶも何も、わたくしは殿下の所有物になる気はありません。貴方のその考え方が何より嫌いですわ」

「………所有物だと？　何を……」

「わたくしは初めてお会いした時にも申し上げたはずです。殿下は、わたくし自身に興味はありません」

「……違う！　僕は君が……っ」

「嫌がる相手を力で無理矢理押さえつけて満たされましたか……？　逃げ道を塞《ふさ》いで傷付ける事が、貴方の愛情ですかッ⁉」

ローズレイは鬱血《うつけつ》した手首を見せた。

くっきりとランダルトの手形が残っている。

「………ランダルト殿下、貴方が隣国で強くなったのは、わたくしを力尽《づ》くで押さえつけて自分のモノにする為ですか？」

ランダルトは黙って小さく首を横に振った。

「……そうですね、わたくしは確かに殿下を避けていました。否定はしません。初対面で失礼な暴言も吐きました。貴方を傷付けたというならば謝罪致します」

確かに、ランダルトと婚約したくないからと避けて、真剣に向き合わなかった。

自分の為だとはいえ、身勝手だったかもしれない。

以前のランダルトとは違っていたかも知れないのに……

あまり深入りしないようにしていたのは事実だ。

けれど、それはランダルトも同じだった。

自分からローズレイに歩み寄る事は一切なかった。

どうせローズレイが婚約者になるだろう……と、そんな気持ちが、見え隠れしていた。

国王も、そのつもりでいたのかもしれないが、ローズレイはそれを全て拒否して、尚且《か》つ手紙でも直接伝えていたはずだ。

それを毎回、照れ隠しと受け取ったのなら、おめでたい事この上ない。

「……ヒューレッド家は王家の圧力には簡単に屈しませんでした。だから貴方の欲しい玩具《モノ》は簡単には手に入らなかったでしょう。お父様とお母様がわたくしの意に反するのならと、必死に守ってくださいました」

「…………」

「それに殿下とのやり取りは、ほとんど当たり障《さわ》りない内容の手紙だけでしたわ」

「……そう、だね」

「わたくしの何処《どこ》を見ていますか？　家柄、立場……？　それとも女神と言われるこの容姿ですか……？」

「わたくしの好きな花はなんだと思います？　食堂でお気に入りのメニューは？　好きな色は？　何か一つでも答えられまして……？」

「……っ」

「マルナから伺《うかが》いましたわ。ルーナルア様は王妃になる為に必死に努力されているそうですね。それを〝どうでもいい〟と吐き捨てた貴方は、ルーナルア様の血の滲《にじ》む努力を無視する愚か者ですか……？」

「…………それは」

「もし、わたくしを手に入れたら、ルーナルア様はどうなるのですか？」

「…………」

「名前も顔もうろ覚えのようでしたから、なんの罪悪感もなく捨てるのでしょうね……」

「!!」

きっと以前のローズレイが味わったような苦しみを簡単に与えられるだろう。しばらくの沈黙の後、ランダルトが口を開く。

「…………君が、兄上を選んだ理由が分かった気がするよ。兄上は誠実で、実直で……誰にでも好かれる人だ」

「…………」

「けれど僕は…………臆病で、愚かだ」

「………殿下」

先程の勢いは消えて、項垂《うなだ》れるランダルトは今にも泣き出しそうだった。

「…………いつの日からだろう、僕が兄上に劣等感を抱いている事を感じていたのだろうね…………兄上は突然、ダメな王子を演じ始めたんだ」

「………」

「それを申し訳なく思うのと同時に、安心している自分がいたんだ……最低だろう?」

スタンカートはランダルトの苦悩に気付いたのだろう。

だからこそ自《みずか》らを傷つけ欺《あざむ》いてでも、ランダルトの為に身を引こうとした。

スタンカートは本当は、人を遠ざける事を望んでいなかった。

彼は心の底から、国と民を愛している。

「……本当は、君と婚約した兄上が王になるべきだという声が聞きたくなくて……隣国へ逃げたんだ」

「……！」

「僕が持っているのは、銀色という色だけだ……中身は空っぽなんだよ」

どこか遠くを見つめ、諦めたように微笑《ほほえ》んだランダルトの瞳がゆらゆらと揺《ゆ》れる。

「国王になんかなりたくない…………自分が向いてない事も分かってる。不安から逃げるように完璧な王太子として振る舞っていたけれど、何を手に入れても満たされないんだ……ッ!!」

潤《うる》んだ瞳から宝石のような涙がポロリ、ポロリと頬を伝った。

スタンカートに大きな劣等感を抱きながら、ランダルトは、どんな思いで過ごしてきたのだろうか。

きっと、常に不安と恐怖に押しつぶされそうだったのだろう。

(可哀想な人……)

ローズレイは親指で、そっと涙を拭《ぬぐ》った。

深く刻まれた隈、頬も痩《や》せこけて肌も荒れている。

このままランダルトと離れてはいけない気がした。

「……うちにいらして下さい」

「え……?」

「まずはゆっくりと休んで、美味《おい》しいご飯を食べましょう」

「…………ッ!」

「それから、みんなと沢山話しましょう。今までの分まで……」

「……ローズレイ、すまない……! 本当に……っ」

声を押し殺すように涙するランダルトの背を、ローズレイはいつまでもさすっていた。

大粒の涙がローズレイの服に吸い込まれていった。

その後、馬車の中で、ずっとランダルトを睨んでいるライを諌《いさ》めながらも泣き腫《は》らしたランダルトの顔を見て動揺するパルファンに、ローズレイは今までの経緯を簡単に説明した。

すると、ずっと顔を伏せて黙っていたランダルトが、王太子として苦しんでいた事や、スタンカートが駄目王子を演じていた理由……そして、ランダルトが追い詰《つ》められて隣国へ行った事……自分の身勝手な気持ちを押しつけて、ローズレイを傷付けた事を謝罪した。

パルファンは、真剣にランダルトの話を聞いていた。

そして、ランダルトの話が終わると、眉根を寄せ「……すまなかった」と苦しそうに呟いた。

小さい頃から近くにいたパルファンですら気付けなかった、ランダルトの苦悩。

パルファンは、ランダルトを救えなかった自分を責めているように思えた。

どんより沈んだ空気を掻《か》き消すように、ローズレイはパンパンと、軽く手を叩いた。

大きな音に驚いた三人はローズレイに視線を向ける。

「反省も後悔も後です！　もうすぐ屋敷に着きますわ。みんなで美味《おい》しいご飯を食べましょう」

そう言って微笑《ほほえ》んだローズレイに、パルファンとランダルトは小さく笑みを零した。


屋敷に着いたライは、着替える為先に部屋へと向かった。

パルファンとランダルトはスタンカートがいるサロンへ。

ローズレイは急いで自分の部屋へ入ると、ユーアに簡単に事情を説明して、手首が隠れるよう長袖の服を用意してもらう。

それから厨房へ向かい、料理人達に声を掛《か》けて、ランダルトが来ている事を伝え胃に優しく食べやすいメニューを増やしてもらう。

身支度を終えたローズレイがサロンへ向かうと、真剣に話し合うランダルトとスタンカート、パルファンの姿があった。

何となく、今はローズレイが中に入ってはいけないような気がして踵《きびす》を返した。

一方、サロンの中では、涙ながらに話すランダルトに、スタンカートは真剣な表情で、すまない……と小さく呟いた。

「俺の判断が間違っていたんだな。離れさえすれば、お前が楽になると思っていた…………必死だったんだ」

ランダルトが自分と比較されて苦しんでいたのに気付いていた。

だからこそ、スタンカートは身を引こうとした。

「……お前の話を、聞いてやるべきだった。俺は逃げる事ばかり考えて、向き合う事を避けていたのかもしれない」

「いいえ……兄上は何も悪くありません。僕がもっと強ければ……！」

「ランダルト……」

「自分を追い詰《つ》めるのは昔からだな……」

今まで黙って話を聞いていたパルファンが口を挟む。

「もっと俺を頼ってくれ。こんなにやつれるまで頑張りすぎだ……」

「パルファン……」

「お前は本当によくやっている。ちゃんと民や周囲の期待に応《こた》えている……！　もっと自信を持ってくれ……」

「…………っ！」

（どうして気付けなかったのだろう……）

ランダルトの近くには、手を伸ばせば助けてくれる大切な親友と、自分を犠牲にしてまで守ろうとしてくれた頼れる兄がいたのに……

情けない……そう思わずにはいられなかった。

自分の事ばかり考えていた。

自分だけが苦しいと思っていた。

（……これから、変わらなければ）

ランダルトは涙を拭《ぬぐ》った。

そして深く深く息を吸い込み、ぱっと顔を上げ笑みを浮かべた。

「……二人ともありがとう。気持ちを吐き出してとても楽になったよ」

「……あぁ」

「兄上に、お願いがあるんだ……！」

「どうした？」

「…………僕と共に国を支えて欲しい」

「……なっ⁉」

「僕には兄上が必要なんだ！　どうか力を貸してくれ……‼」

ランダルトは強く強くスタンカートに訴えかける。

スタンカートが近くにいてくれたら、どれだけ心強い事だろう。

「今更、都合のいい話かもしれない……でもっ！」

「ランダルト……実は、俺とローズレイは期間限定の婚約者なんだ。お前を騙《だま》すような形になってしまって、本当にすまない……」

「……え？」

「詳しくはローズレイにも同席してもらおう。俺だけで決められる事じゃないんだ……」

静まり返った部屋に、コンコン……とドアをノックする音が響いた。

部屋に入りパルファンに耳打ちしたライは、速《すみ》やかに外へ出る。

「……話の途中だが、夕飯が出来たそうだ。ローズレイが待っている。行こう」

料理人達は、ローズレイの希望通り、ランダルトが食べやすそうな食事を用意してくれた。

ランダルトは少しずつ、少しずつ料理を口に運ぶ。

最近は、ろくに食事も喉を通らなかったようだ。

もしローズレイが迷子になりランダルトに会わなかったら、どうなっていたのだろう……

ランダルトは追い詰《つ》められ、ローズレイやスタンカートとすれ違ったままだったかもしれない。

パルファンは己の無力さを責めたかもしれない。

食事が進むにつれてランダルトの顔色も良くなってきた。

「すまない、ローズ……あの事をランダルトに伝えたんだ」

「あ……」

「相談もなしに勝手に話してしまって申し訳ない。でも俺達はローズレイを裏切るような事をしないと誓おう。この事は墓場まで持っていく……」

偽の婚約が国王にバレたらタダでは済まない……

ランダルトも深く頷いたのを見て、ローズレイはホッと息を吐き出した。

「僕は、これからやらなければならない事が沢山ある……それに、ルーナルア嬢とも真剣に向き合ってみるよ」

「本当ですか？」

「あぁ、こんな僕を受け入れてくれるかは分からないけど……」

ローズレイは嬉しくなり微笑《ほほえ》んだ。

どうやら良い方向へと進んでいるようだ。

「うふふ、勝手に秘密を漏《も》らしたカート様にはお仕置きが必要ですね……」

「………ロ、ローズ？」

「カート様の秘密、知りたいですか……？」

スタンカートとの婚約の内情がバレたのなら、もう隠す必要はないだろう。

ランダルトも知っておいた方が、後々スタンカートの為になるだろうと判断したからだ。

ローズレイがニヤリと笑みを浮かべる。

スタンカートは椅子から立ち上がり口を塞《ふさ》ごうと奮闘するがローズレイは華麗にかわしていく。

「実は、カート様には好きな方がいらっしゃいますのよね？」

「おいっ！　ローズ‼」

「へぇ、初耳だな」

「兄上の想い人……それは是非聴きたいな」

スタンカートには、ずっと昔から想い続けている人がいた。

それはスタンカートの幼馴染でヴェーラー家の御令嬢、サラだ。

本を読むのが好きなサラと、活発で体を動かすのが得意なスタンカート。

真逆の性格をしているが気が合い、よく一緒に遊んでいたそうだ。

しかし、サラがランダルトの婚約者候補になってからは、会わないようにしていた。

そしてスタンカートは駄目王子を演じていた為、サラには迷惑をかけたくないと距離を取っていたのだ。

「…………まさか兄上が」

「……ローズレイには本当敵わねぇ……」

そんな時だった。

席を外していたビスクがライと共に戻って来た。

「……ローズレイ、そろそろ部屋に戻りなさい」

「お父様、もう少しだけ……」

「私は彼らと話がある。詳しくは明日話そうか」

「…………はい、分かりました。では皆様、失礼致します……おやすみなさいませ」

「…………おやすみ、ローズ」

「今日はありがとう、ローズレイ」

ローズレイはユーアに連れられ部屋を後にした。

「ライ……同席しなさい」

「…………はい」

「陛下には連絡しておいたからね、今日は泊まっていきなさい」

「……！」

そう言ってから、ビスクは椅子にゆったりと腰掛けた。

ライがワイングラスにワインを注いだ。

「ランダルト殿下、いい顔になりましたな」

「…………今日は、本当にありがとうございました」

ランダルトは深く頭を下げた。

こんなランダルトを恨むわけでもなく、ヒューレッド家は温かく迎えてくれた。

それにローズレイがいなかったら、自分はどうなっていたのか分からない。

「頭を上げてください……さて、今後の話をしましょう」

パルファンから詳しく話を聞いたビスクは、今後について、話を進めていった。

スタンカートとローズレイの婚約の件については、明日ローズレイを交《まじ》えて話をする事になった。

次の日、朝食を食べ終え、話し合いの為にテラスへと集まる。

全員揃ったのを確認してから、ビスクは真剣な顔で口を開いた。

「……さて、ローズレイとスタンカート殿下の婚約は、ローズレイが学園を卒業するまでの期間限定のものだった」

ローズレイは王族との婚約を避けたい。

スタンカートは王族から抜け出したい。

互いの願望を叶える為の婚約だった。

「……そして、ランダルト殿下はスタンカート殿下と共に国を動かしていきたい……スタンカート殿下も、その提案は吝《やぶさ》かではない。それでいいかい？」

「はい」

ランダルトが強く頷いた。

「…………それは」

スタンカートは、まだ迷っているのか曖昧《あいまい》な返事をした。

「となれば、ローズレイ、お前はどうしたい……？」

「…………わたくしは」

ビスクが問うと、ローズレイにみんなの視線が集まる。

「王家には嫁《とつ》ぎたくありません」

ローズレイがキッパリと答えた。

「……悪い、俺が約束破っちまって……」

スタンカートが気まずそうに答えた。

今の発言からすると、もう答えは決まっているようだ。

スタンカートの本当の願いは、民の幸せを守り、ランダルトと共に国を引っ張っていく事だろう。

「いいえ、カート様。わたくしもカート様がランダルト殿下を支える事には賛成です」

「…………ローズ！」

けれど、スタンカートとの婚約がなくなれば、再びランダルトとの婚約話が持ち上がるかもしれない。

「…………お父様、わたくし」

こうなった以上、最終手段を使うしかない……!!

ローズレイにはずっと前から考えていた事があった。

けれど……それは一か八《ばち》かの賭けだった。

「…………め、女神様に聞いたのですっ!!」

ローズレイの最終手段、それは……国王より影響力を持つ女神様に頼る事である。

「女神様が、わたくしと王家が結婚すると国が滅びると言っていたのですッ!!」

以前のローズレイに聞いた話を、脚色して話す事にした。

もう、こうなったら自棄《やけ》である。

スタンカートと婚約した時は王家に嫁がない事が前提だった。

けれどスタンカートはランダルトを支える為に城に残るだろう。

きっと王家に嫁《とつ》げば、国にとって有益な魔法を作り続けなければならない。

そこにヒューレッド家は一切関与出来ない。

自由もなくなってしまう。

そうなればローズレイは絶望するだろう。

いや、する自信がある。

ローズレイが絶望すれば国が滅びる。

あながち間違いではない……はずだ。

「…………ゆ、夢の中で女神様が言っていたのですわ！」

「…………」

「今まで言えなくてごめんなさい……！　言っても誰にも信じてもらえないと思っていたのです……」

ローズレイは瞳を閉じてギュッと両手を握る。

（…………お願い、誰か信じて！）

「……なんだと!?」

「…………信じてくれとはいいません、でもっ！」

「ローズレイ……！」

ビスクが大きな声を出した。

ピクリと肩が揺《ゆ》れる。

やはり都合が良すぎたのだろうか……？

「何故早く言わないんだ……!!」

「…………ふぇ？」

「……女神様が仰《おっしゃ》る事ならば仕方ない……今すぐ国王に使いを出すぞ！」

「……あの、信じてくださるのですか？」

「何を言っているんだ……？　女神様の力を持つローズレイが言う事なんだ。信じるに決まっているだろう……！」

そう言って、ビスクは慌《あわ》ただしく席を外した。

「……ローズレイ、もっと早くその事を告げていれば、こんな面倒な事にはなってなかったと思うぞ？」

パルファンは呆れ顔で溜息《ためいき》を吐《つ》く。

「僕も早く知りたかったたよ」

「……そういう事だったのか、それならば父上もすぐ納得するだろう」

ランダルトとスタンカートが頷いた。

ローズレイは目を丸くした。

まさか、こんなにもアッサリと上手く事が運ぶとは思わなかった。

どうやら女神の影響力を甘く見ていたようだ。

銀色の月の女神様、前のローズレイ……本当にありがとうと伝えたい。

けれど「ねぇ……本当にそれでいいの？」という気持ちで一杯になる。

そして、今までの抵抗と努力は何だったのだろう……と重たい息を吐き出した。

ローズレイは自分を落ち着かせる為に紅茶をコクリと飲み込んだ。

思っていた形ではなかったが、無事にローズレイは自由を掴《つか》む事が出来そうだ。

緊張感は消えて和《なご》やかな雰囲気が流れる。

「お嬢様……紅茶のおかわりは？」

「もちろん頂くわ」

ライが淹《い》れてくれる温かい紅茶を飲み一息つく。

フルーティな香りが鼻から抜けていく。

ローズレイが笑顔になるのを見て、ライが優しく微笑《ほほえ》んだ。

「お前、ムカつくほど良い男だよな……」

スタンカートがライを見ながら言った。

「カート様、確かにライはかっこいいけど……」

「ローズ、知ってるか……？　ライは陰で〝黒の王子様〟って呼ばれてるらしいぜ」

「まぁ……！　黒の王子様、素敵な呼び名ね」

小さく舌打ちをしたライは、余計な事を言うなとでも言うように、スタンカートに向けて凄まじい殺気を送っている。

スタンカートはライの不機嫌そうな顔を見てケラケラと笑っていた。

すると珍しくパルファンが緊張した面持ちで口を開いた。

「…………こ、こんな時にすまないが、大切な話があるんだ」

「お兄様……？」

「実は……その、マルナ王女殿下に…………結婚を、申し込もう……と思って…………」

「!?」

周囲は驚きに包まれた。

そして、パルファンはマルナに想いを寄せている事を、しどろもどろにみんなに伝えた。

どうやらマルナの一方通行だった恋は、実を結んだようだった。


——その少女が、スフィアに転生する前、大好きだった乙女ゲームがあった。

『銀色世界～貴方色に染め上げて～』

王道の乙女ゲームだが、圧倒的にビジュアルが良いのと、声優が豪華な事もあり大人気だった。

主人公は平民の生まれで街で暮らしていた。

しかし突然、伯爵家の隠し子だと告げられる。

戸惑《まど》いながらも、貴族の娘として生きていく事となり学園に通うのだ。

美しい金髪に大きな目、桃色の唇、小柄な体……性格は素直で元気が取り柄。

男が守ってあげたくなる女の子、それがスフィアだ。

攻略対象者は五人。

一人目はこの国の王太子、ランダルト・フォン・シルヴィウス。

通称、銀の王子様。

長い銀髪をサラリと横に流し、彫刻のような綺麗《きれい》な顔をしている。

穏やかな笑顔の裏には、周囲のプレッシャーと兄への劣等感が隠れている。

そして、自由奔放な主人公にどんどん執着して追い詰《つ》めていくヤンデレ枠。

ランダルトルートのライバルは、ローズレイ・ヒューレッド。

この国で崇拝されている女神と同じ白銀の色の髪と瞳を持つ令嬢だ。

国の重要人物で、パルファンの妹でもある。

ローズレイは美しいというだけで、最も面白味のないライバルだった。

ランダルトは一番攻略しやすいキャラだ。

ライバルのローズレイも簡単に引いてくれる。

「……僕だけのスフィア、もう誰にも渡さないよ？」

このセリフに骨抜きにされた女子は多い。

二人目はランダルトの友人で騎士団長の子息、パルファン・ヒューレッド。

通称、赤の王子様。

短髪でワインレッドの髪を立たせている。

父のような騎士になりたくて懸命に頑張るが、自信を持てないパルファンは荒々しい愛情を主人公にぶつけて、自分だけのものにする俺様枠。

パルファンルートのライバルは、マルナ・フォン・シルヴィウス。

この国の王女であるマルナは、最も悪役令嬢らしい動きをする。

ずっと昔からパルファンを隠れて想い続けていたマルナは、スフィアが邪魔で仕方なかった。

嫌がらせをするが、悪事がバレて隣国に追放されるというものだ。

「……これからはお前だけを愛し、何があっても守ってみせる」

と、パルファンから騎士の誓いを受けるのだが、なかなか刺激的で、面白かった。

三人目はランダルトの兄で駄目王子を演じている、スタンカート・フォン・シルヴィウス。

通称、鈍色《にびいろ》の王子様。

性格は荒々しく、一見すると暴力的で恐ろしいのだが、それには理由があった。

主人公に迫り脅《おど》してくるが、スフィアが本当のスタンカートを見抜き、だんだん打ち解けていく。

本当はランダルトの為に王族を離れようとする優しい兄なのだ。

主人公に諭されて、駄目王子から立派な王子になるという正義感が強い兄貴枠。

スタンカートルートのライバルは、幼馴染のサラ・ヴェーラー。

落ち着いた令嬢だが頭が良く、地味に嫌な立ち回りをしてくる。

最後はスタンカートを諦めきれないサラが、涙ながらに訴える。

「すまない、俺は自分の心に嘘はつけない……スフィアが好きなんだ」

と、スフィアの手を取る、ちょっと切ないルートだ。

断トツ人気なのは、この三人。

他にも、真面目眼鏡枠の、次期宰相候補のルドルフ・ヴェーラー。

チャラ男枠の、主人公のクラスの担任であるシルグレイ。

隠しキャラもいるが、その隠しキャラを攻略する為には全員をクリアしなければならない。

スフィアが教室に入ると、数人の令息達が我先にとスフィアの元へとやってくる。

モブは適当に受け流してから、メインキャラクター達を探しに行く。

けれど、いくらイベントが発生する場所に行っても何も起こらない。

話しかけても好感度は全く上がらないし、スフィアを見ても何の反応も示さなかった。

思えば、転入した初日からオカシイと感じていた。

それに、キャラクター達の見た目や性格が変化していた。

転生してから一周目は、銀色世界のキャラクター達のままで順調に進めていけたのに……

そして、スフィアは転入初日に、パルファンと黒髪の男子生徒の美貌に一瞬で心を奪われた。

今回のパルファンは、全くの別人だった。

凛とした空気と誠実そうな見た目。

まるで本物の王子様のようだと思った。

黒髪の男子生徒はとにかく美しかった。

ミステリアスで、危ない色気を持ち合わせており、他者を圧倒する存在感に、魅了されてしまう……

そして、スフィアは彼の名前を聞いて確信したのだ。

見た目こそ違うが〝ライ〟は隠しキャラだと思った。

キャラクター投票でも断トツの人気で一位。

以前の自分は、ライと結ばれたくて必死でゲームを攻略しようと頑張ったのだ。

ライバルはいないが、とにかく心を開かない。

選択を間違えれば、彼はスフィアの側から離れてしまう。

それは奴隷として苦しめられた子供時代が原因だった。

全てを憎んだライは………と、秘密が多いキャラクターだ。

その二人がローズレイを大切そうに守っているではないか。

人形のようなローズレイは、どこにもいなかった。

今回のローズレイは、みんなに囲まれて幸せそうだった。

やはり一周目にスフィアのした事が原因で、世界が狂ってしまったのだろうか……

シナリオにはない展開で、ローズレイを追い詰《つ》めすぎてしまったのだ。

そもそも、このゲームにはハーレムルートはない。

けれど全てのルートを把握していたスフィアは色んなキャラに手を出した結果、勝手にハーレムが出来てしまったのだ。

その時の気分は最高だった。

みんな、スフィアの為に尽《つ》くしてくれた。

高そうな宝石も、綺麗《きれい》なドレスもプレゼントしてくれた。

王太子だって、騎士だって、次期宰相だって……スフィアにメロメロだった。

そして始まったのが、スフィアを妬《ねた》んだ令嬢による嫌がらせだ。

嫌がらせは地味なものだったり、直接呼び出されて文句を言われたりと様々だったが、攻略対象者がスフィアを守り助けてくれた。

そして、いつも羨《うらや》ましそうにこちらを見てくるローズレイに、罪を擦《なす》りつけて発散する事でスッキリしていた。

自分よりも美しく、女神ともてはやされているローズレイの悲しむ顔は、見ていて心が晴れやかになった。

階段から落とされたと嘘をつき、ローズレイに罪を被《かぶ》せた。

誰もローズレイの味方をしなかった。

床に這《は》いつくばり黙っているローズレイを見ていると、気分が高揚した。

だから、ついやり過ぎてしまったのだ……

ローズレイが学校へ来なくなった。

ランダルトはローズレイに婚約破棄を告げ、パルファンは妹を家から追い出すとまで言ってきたのだ。

スフィアはローズレイを庇《かば》おうかと思ったが、もう遅かった。

周囲はスフィアが知らないところで暴走していた。

そして、幸せは長く続かなかった。

一瞬にして黒い炎に飲み込まれたと思ったら、世界が滅びてしまったのだ。

そしてスフィアは意識を失った。

きっとシナリオ通りに進まなかったから、エラーが起こってしまったのだろう。

けれど何度だってやり直せる。

だって、スフィアは記憶を引き継いだまま、ここに立っているのだから……

今度は間違えたりしない、シナリオ通りに進もう……そう思っていた矢先、以前の世界と違う事に気が付いた。

手始めに一番攻略が簡単なランダルトの元へ向かった。

しかし、ランダルトは誰も寄せ付けないほどに暗く、哀愁漂う笑みを浮かべていた。

スフィアが声を掛《か》けてみても、適当に受け流されるだけだった。

仕方なくパルファンの元へ向かうが、その他大勢の一人としか認識されていないようだった。

黒髪の隠しキャラ、ライに至《いた》ってはスフィアの存在ごと無視である。

いくら話しかけてもスフィアはスルーされてしまう。

やはりまだ隠しキャラはダメなのかもと、攻略対象者達を巡る日々。

結局、好感度が上がったのは、宰相の息子のルドルフと担任のシルグレイだけ……

二周目は何もかも上手くいかない……！

日に日に苛立ちが募《つの》っていく。

それにランダルトの婚約者はローズレイではなく、ルーナルア。

スタンカートの婚約者がローズレイ。

パルファンとマルナは兄妹のような関係だったのに、まるで恋人同士のように仲が深まっている。

もう、乙女ゲームのシナリオが滅茶苦茶である。

そして、その中心には必ずローズレイがいる。

ローズレイと話をしたいと思っても、誰かが必ず側にいる為に問い詰《つ》める事が出来ない。

策を練り、女子トイレでローズレイを待ち伏せして、声を掛《か》ける。

「こんにちは！　ローズレイさん」

「………ご機嫌よう」

（……ほんと嫌味な奴）

明らかにトーンの下がる声。

心の中で呟きながら、ローズレイを睨《にら》みつける。今日という今日は、全てはっきりさせてやるのだ。

「あのねぇ……私の邪魔しないでくれます？」

「……何の事でしょうか」

「しらばっくれないでよッ!!　隠しキャラまで側において……それにスタンカート様を婚約者にして………人のもの取るなんて最低よ!?」

「隠しキャラ……？」

「ライ様の事よ！」

「……ライは、以前からヒューレッド家に仕《つか》えてくれている大切な家族ですよ？」

「はぁ……？　家族ですって⁉」

「えぇ」

「あの方は魔族の王なのよ？」

「…………え？」

「貴女《あなた》馬鹿なの……？　何も分かっていないのね。あんなに美しい人間いると思う？」

「……何を」

「ライ様は、私にしか救えないの」

スフィアは自信たっぷりに言い放つ。

「貴女《あなた》はライ様に選ばれない……」

「…………」

「みんな必ず私を好きになるの……うふふっ、これはもう決まった事なのだから！」

「…………」

「それに余計な事して引っ掻《か》き回さないでくれない……？　私の存在は、みんなが救われる為に必要なのよ」

スフィアはローズレイを嘲笑《あざわら》うように言った。

そしてローズレイが聞いてない事まで、ペラペラと勝手に喋り出した。

性格が違うのはバグだから仕方ない、ライがいるという事は隠しルートが開いている、などと意味の分からない事ばかり言っている。

「ふふ、それに私は〝癒しの聖女〟になるのよ!」

「癒しの聖女……?」

「そうよ!」

聖女とは女神によって力を与えられた乙女の名前である。

〝祝福の聖女〟〝癒しの聖女〟

各々役割があり、祝福の聖女は国のお祝い事や結婚式に姿を現し、癒しの聖女は傷を癒し病気から守ってくれる……とされている。

教会には必ず、正面に女神、左に祝福の聖女、右に癒しの聖女が配置されている。

気になる言葉がどんどん出てくるが、ローズレイはどうしてもスフィアに一言、言ってやりたい事があった。

「貴女《あなた》……」

「何かしら? 今ならまだ許してあげても……」

「……頭、おかしいんじゃないかしら?」

ローズレイは蔑《さげす》むようにスフィアを見た。

「貴女《あなた》が聖女なんて絶対認めないわ……だって心が汚いんですもの」

そう吐き捨ててからローズレイは鼻で笑った。

スフィアがギャーギャー騒いでいたが、ローズレイはそれを無視して女子トイレを後にした。

以前のローズレイの分まで含めると言い足りないくらいだ。

やはり十発くらいは殴り飛ばしておけば良かった。

しかし、自信たっぷりなスフィアの顔を見ていると、胸にトゲが刺さったみたいに苦しくなる。

（…………わたくしが知らないライの事、沢山知ってたわ）

〝ライ様は、私にしか救えないの〟

〝貴女《あなた》はライ様に選ばれない……〟

どうでもいいはずなのに、スフィアの言葉が頭から離れなかった。


（…………ッあの女‼）

スフィアはギュッと拳を握り込んだ。

折角、人が親切に色々と教えてやったのに、腹立たしい事この上ない。

しまいにはスフィアを、頭がおかしい扱いである。

以前のローズレイとは、やはり別人格のようだ。

見た目は同じなのに態度や性格が全く違う。

以前でも今回でも、やはりローズレイは気に入らない存在だ。

スフィアは親指の爪をガリっと噛んだ。

ローズレイを牽制《けんせい》してやろうと思ったが、上手くいかなかった。

（……多少シナリオ通りにいかなくても、きっと上手くいく）

スフィアには乙女ゲームの知識がある。

ライが出てくる隠しルートだってプレイ済みだ。

ライは奴隷商人に捕まってから、恨みや憎しみを溜め込んでいた。

やっとの思いで逃げ出したが、また捕まってしまい、ずっと奴隷として働かされていた。

ある日の事、憎しみが爆発して魔王となり覚醒するのだ。

そして偶々《たまたま》、スフィアがライと出会う。

スフィアは孤独なライが気がかりで、何とかライを救おうと奮闘する。

何か出来る事はないかと探し回り、ついにスフィアは〝癒しの聖女〟となり力を授《さず》かる。

スフィアはライの恨みや憎しみを癒し、ライは魔王として魔族を統《す》べながらも、人間の心を取り戻すようになる。

その後、魔族と人間は仲良く暮らせるようになり、そして、ライはスフィアと共に生きる事を誓う、という壮大なラブストーリーになっている。

ライはスフィアだけに心を開いてくれる……

今、スフィアがプレイしているのは、隠しキャラであるライのルートかもしれない。

きっと一周目の時に、全てのメインキャラ達がスフィアを好きになったから、二周目の物語が少し変わってしまったのだろう。

上手くいけば、あのライがスフィアに付き従い「お嬢様」と言ってくれるかもしれない。

そう思うと、笑いが止まらなかった。

ライを救えるのは〝癒しの聖女〟である、スフィアだけだ。

ローズレイからライを奪えば、他のキャラクター達もスフィアの魅力に気付いて、婚約者なんて自分から捨てて、スフィアの元へ跪《ひざまず》くだろう。

どうせみんな、スフィアを好きになる。

スフィアは小さく笑った。

こんな愛らしい容姿を持ったスフィアだから聖女にもなれるし、愛も獲得出来るのだ。

「ふふっ！　最後に笑うのは私……」

スフィアはスキップをしながら教室へ向かった。

最終章　愛する人

ローズレイとスタンカートの婚約は、あっさりと解消された。

女神の生き写しで魔法を創造出来るローズレイが、夢で聞いた事ならば、それはもう〝神託〟であると判断されたようだ。

あんなに頑張って婚約を避けていたのに、呆気《あっけ》ない結末である。

けれど、最高の形でフラグは折れた。

国王は「国が滅ぶのだから致し方ない、今までのように魔法の創作は公爵家で続けるように……」と悲愴感たっぷりにビスクに言ったのだという。

そして「何故、私がお前んとこの息子に私の可愛い娘をやらねばならないのだ」とキレられたそうだ。

パルファンはマルナと無事に婚約する事が出来たようだ。

マルナは、まさかパルファンの方から、結婚の申し込みがあるとは思わずに、喜びから泣き崩れたという。

ランダルトは、少しずつではあるが、ルーナルアを知る努力をしているらしい。

ランダルトは普段から素を出すようにしたようで、落ち着いていて物静かなランダルトに、以前よりも更に惚れ込んだルーナルア。

最近は一緒に本を読みながら仲を深めているのだとか。

ランダルトを支える事に決めたスタンカートは、改めて幼馴染のサラの元へ行き、真正面から婚約を申し込んだ。

サラは綺麗《きれい》な笑みを浮かべて「貴方はいつも遠回りね……遅すぎるのよ」と涙を溢《こぼ》した。

サラはスタンカートを想い、縁談を断り続けていたらしい。

幼い頃から二人は、ずっと想い合っており、すぐにサラと結婚出来るように手続きが進められている。

こうして皆が幸せを掴《つか》み、ローズレイも幸せな気持ちで一杯だった。

しかし、置いていかれた気分で寂しくもある。

ヒューレッド家には国中から縁談が舞い込んでくる。

けれど、ローズレイの立場は複雑で難しく、容姿や魔法創作の関係で安易に嫁《とつ》ぐ事も出来ない。

「はぁ……」

憂鬱《ゆううつ》である。

ローズレイはライと共に、お気に入りの場所に来ていた。

と言っても、公爵家の裏庭だ。

大きな木が一本生えていて、一面に花が咲いている。

ローズレイは木の側にハンカチを置いて、その上に座った。

そよそよとした優しい風が頬を撫でる。

「…………ライ」

「ん……？」

「ライは恋した事ある？」

「…………は？」

周囲が幸せそうに寄り添っている姿を見ると羨《うらや》ましくて仕方ない。

ライは寝転がり花びらを指で摘《つ》んで遊びながら、ローズレイをチラリと見た。

「胸が熱くなって、その人の事しか考えられなくて……側を離れたくなくなるんですって」

「……ふーん」

「ライはそんな想い……した事あるの？」

木に寄りかかっていたローズレイは膝を抱えながら、ライに問いかけた。

ふと……頭の上に影が落ちたので不思議に思い、顔を上げる。

するとライの顔がすぐ近くにあり、驚いたローズレイは目をパチパチと瞬《またた》かせた。

じっとローズレイを見つめていたライは、少し寂しそうに笑うと、ローズレイの髪を耳に掛《か》けて、先程摘《つ》んだ花を髪に飾る。

「………ライ？」

「…………………あるよ」

「え………？」

「俺は……叶わない恋をしてる」

「叶わない……恋？」

少し苦しそうなライの顔が、妙に大人っぽくて……

ローズレイは予想外の答えに、眉をひそめた。

「……好きな人がいるの？」

「………あぁ」

「どんな人……？」

「俺を……救ってくれる人」

〝ライ様は、私にしか救えないの〟

その言葉と金色の髪が脳裏にチラついて離れない。

「……ライは、その人のどんなところが好きなの？」

「……全て」

「…………」

「…………」

「そう……」

「…………ローズレイ？」

「ううん、何でもないわ……！」

「…………」

「ライが誰を好きでも応援するからね……わたくし、もう部屋に戻ります……！」

チクチクと痛む胸を押さえてローズレイは部屋に駆け込んだ。

ライの好きな人……それが分かってしまったからだ。

ライが離れてしまう。

そう思った瞬間に、ライの事が好きなのだと、自覚したのだ。

それが〝恋〟だと気付いた時には、もう遅すぎた。

それに、数年前に〝家族〟だと、先に一線を引いたのはローズレイの方だ。

今も「応援する」なんて心にもない事を言ってしまった。

ライに好きな人がいると分かってから自分の気持ちに気付くなんて……今ならば周りが〝鈍《にぶ》い〟と言っていた意味が理解出来そうだ。

ライは魔族の王で……スフィアしかライを救えないのだとしたら、ローズレイはライの為に何が出来るだろう。

(何故、笑って送り出してあげられないの……?)

胸が苦しい、ライの事をいつも考えてしまう。

自分の側から離れて欲しくないと強く思ってしまう。

心が激しく揺れ動き葛藤していた。

ライの気持ちを優先してあげたい。

これ以上、ローズレイに縛り付ける事はライの為にならないだろう。

ライがスフィアを選んでも、ローズレイは笑っていなければならないのだろうか?

(…………どうすればいいの?)


翌朝、ローズレイは真っ赤に腫《は》らしたまぶたをコッソリと氷で冷やした。

この氷みたいにローズレイの恋心も溶けていけばいいのにと思いながら……

次の日、寝不足で頭が重たく感じた。

珍しく弱気になってしまった心を奮《ふる》い立たせて、ローズレイは学園へ行く為に部屋の外へ出た。

「……おはよう、ライ」

「おはようございます……お嬢様」

ライの顔を真っ直ぐ見る事が出来なかった。

一番近くにいた存在は、いつの間にか遠くへ行ってしまったような気がした。

ライがスフィアと共にいる姿を想像するだけで、胸がズキズキと痛む。

優しくスフィアに触れるのだと考えるだけで、嫉妬してしまう。

「あのね、ライ……」

「………」

馬車の中では、ずっと無言だった。

初めて感じる気まずさに、ローズレイはどう声を掛《か》けていいか分からなかった。

ライは焦点の合わない瞳で何処《どこ》かを見ていた。こんな事は初めてだ。

「ライ………？」

体調でも悪いのだろうかとローズレイがライに手を伸ばす。

――パシッ
「………!?」

ライに手を叩かれたローズレイは驚きで動けなかった。

「ッ、すまない、ローズレイ」

「大丈夫よ……」

ライは何を思ったのか、ローズレイの手を握りそっと唇を寄せた。

「………っ‼　ライ、もう大丈夫だから‼」

ライへの恋心を自覚してしまえば、以前は何でもなかったこの行為も違った意味に感じてしまう。

伸びてきた前髪のせいでライの表情を窺《うかが》い知る事は出来なかった。

いつもローズレイを宝物みたいに優しく包んでくれる、この手が大好きだった。

ライの行動はローズレイの気持ちを激しく揺《ゆ》さぶっている。

「ライ……？」

「絶対に、お前を守るから………」

「うん」

「お願いだ……最後まで側にいさせてくれ」

柔らかい唇の感触、ライが喋るたびに息が掛《か》かる。

バクバクと跳《は》ねるような心臓の音と汗が気になって、ライの言葉の意味を深く考える事が出来なかった。

予鈴の音が聞こえ、ローズレイは複雑な想いを抱えたまま、ライに「行きましょう」と声を掛《か》ける。

それでもライは、ローズレイの手をずっと握ったまま離さなかった。

以前はスフィアと顔を合わせる事は、なんとも思わなかった。

それなのに、今はスフィアとライを会わせるのが嫌だった。

ライと共に教室に向かう。

ライはフラフラと覚束《おぼつか》ない足取りで自分の席に着いた。

(具合が悪いのかしら)

ローズレイがライに声を掛《か》けようとした時だった。

「ローズレイ!?」

マルナが驚いた顔をして、ローズレイの腕を思いきり掴《つか》んだ。

ローズレイは何事かと首を傾《かし》げる。

「何があったの……!?」

「え……?」

「目も腫《は》れてるし……こんなに辛そうな顔をして」

「マルナ……」

「話は出来そう……?　それより医務室に行きましょう……!　少し休んだ方がいいわ」

「……でもライに」

(言わなくちゃ……)

ローズレイが勝手な行動を取れば、護衛であるライに迷惑が掛《か》かってしまう。

そう思い、ライの方を見ると……

「ライ様、会いたかったっ」

「……っ!」

金色の髪が揺れ、ローズレイの前を通り過ぎた。

そのまま机を挟み、ライの前に屈《かが》むと彼の手を包み込み、可愛らしく微笑《ほほえ》むスフィアの姿……

いつもなら手を跳《は》ねのけて、ローズレイの元へ逃げるライが、何もせずにスフィアを受け入れていた。

スフィアは嬉しそうにライに話しかける。

(……やっぱり、スフィアが好きなのね)

ローズレイは今、上手く笑えているだろうか?

「ライ様は今日も素敵ですね!」

「………」

「うふふ、私とっても嬉しいです。ライ様の近くにいられて……」

一瞬………本当に一瞬だった。

スフィアはローズレイの方をチラリと見てから、ニヤリと口角を上げた。

まるでライは自分のものだと見せつけるように。

スフィアとライの距離はどんどんと近づいていく。

勝ち誇った笑みを浮かべたスフィアは、甘い声を出してライに擦《す》り寄っていた。

金色の髪と赤い唇。

その時、以前のローズレイとの記憶が重なった。

ランダルトの腕の中で微笑《ほほえ》むスフィアの姿……

それを見た瞬間、ぽろりと涙が溢《あふ》れた。

周囲の音が、一瞬止まったように感じた。

頬に熱を感じて、涙が流れている事に気が付いた。

「…………ローズレイ!?」

「あ……」

マルナがローズレイの手を取り、教室の外へと連れて行く。

視界が歪《ゆが》んで前が見えなかった。

その温かい体温が、どれだけ心強かっただろう。

マルナがいなければ、その場で泣き崩れていたかもしれない。

二人はそのまま静かな中庭へと移動した。

「……ローズレイ、大丈夫……？」

蛇口《じゃぐち》を捻《ひね》ったみたいに涙が止まらなかった。

鼻の奥がツーンと熱くなり、ハンカチを出して涙を拭《ぬぐ》う。

マルナがそっとローズレイの背をさする。

「…………ゆっくりでいいわ、話せる？」

「……ま、るな、ッごめ……っ!!」

言葉が詰《つ》まって出てこない。

マルナはローズレイが泣いている間、ずっと抱きしめてくれていた。

しばらくしてローズレイが落ち着くと、マルナが優しく問いかける。

「一体、何があったの……？」

「わたくし……」

「えぇ」

「………ライが好き」

「‼」

「でも、気付いた時にはもう遅かったみたい……ライの気持ちが離れていくと思うと悲しくて、堪《たま》らなくなるの……っ！」

「………どういう事？」

ローズレイは今までの経緯をマルナに説明していた。

「何故ライがスフィアが好きだと言い切れるの？」

「……スフィア様だけがライを救う事が出来るって……そう言っていたの」

「救う……？　それは本当の話……？」

「たぶん本当よ……だって、わたくしが知らないライの事を沢山知っていたもの」

「………」

「それに、ライには好きな人がいて………その人はライの事を救ってくれるんですって……！

それって、間違いなくスフィア様の事でしょう……？」

「……それは」

ローズレイは両手で顔を覆《おお》う。

「ローズレイ、聞いて。私は違うと思うわ……！　そもそもライが直接、ローズレイにスフィアが好きだと言ったの？」

「言ってないわ……」

「名前をはっきり聞いてもいないのに、勝手に決めたらいけないわ……」

「でも……」

ローズレイは静かに首を横に振った。


（…………どうしてこんなに拗《こじ》れてしまったの？）

マルナが思う心当たりは一つだけ。

転入してきた時からマルナとローズレイに敵意を向けてきたスフィアの存在だ。

スフィアは、ライやパルファンへと近づいては甘い声で擦《す》り寄っていた。

それに複数の令息を侍《はべ》らせて、虜《とりこ》にしていたせいで令嬢達からの評判は最悪だった。

マルナも、スフィアがパルファンに胸を押し付けている姿を見かねて注意をすれば、涙目で「パルファン様ぁ……私こわい……」と言われてしまい、心底吐き気がした。

それはパルファンだけではなく、マルナの兄達にも矛先が向き、あまりの酷さにルーナルアもカンカンに怒っていた。

しかしスフィアは、令息に甘える事で難なく危機を乗り越えていく。

マルナが一人でいる時は「いい加減にパルファン様を返しなさいよ」と、よく分からない事を叫んでいた。

あのスフィアという女が転入してきてから碌《ろく》な事がない。

仲睦《むつ》まじいはずのローズレイとライの間に、こんな深い溝が出来るなんて……

他人の幸せを願い、自分達兄弟に力を貸してくれたローズレイ。

ローズレイのおかげで、スタンカートも元に戻り、ずっと想いを寄せていたサラと結ばれた。

ランダルトも悩みから解放され、前へ進む事が出来た。

マルナはローズレイの言葉に救われて、ずっと想い続けていたパルファンと結ばれて幸せを掴《つか》む事が出来た。

(……ローズレイには笑っていて欲しいのに)

ライがスフィアを好きだなんて、マルナには信じられなかった。

あんなに愛おしそうにローズレイを見つめていたライに限って、スフィアが好きだなんて有り得ない話だ。

(でも、確かに今日のライは、どこかおかしかったわ……)

頻繁《ひんぱん》にヒューレッド家でお茶をするマルナですら、ライとの距離が縮まるまでしばらく時間が掛《か》かった。

それなのに今日は、スフィアがあんなに近くに来たのに拒否もせず、されるがまま触れさせるなんて。

でも今は、ローズレイを励ますのが優先だ。

これ以上、スフィアの好き勝手にさせるものか。

「ローズレイ……私に言ってくれた事、覚えてる？」

「…………え？」

「運命は変わる……そう教えてくれたのはローズレイ、貴女《あなた》よ？」

マルナはローズレイを真っ直ぐ見つめて言った。

「仮に……もし仮にスフィアにしかライを救えないのだとして……貴女《あなた》とライの時間は全て消えてしまうの？」

「……！」

「ローズレイ、ライが貴女《あなた》を大切にしているのを自分が一番知っているでしょう？」

こんなに大切な事を何故、忘れていたのだろう。

傷つく事が怖くて、離れてしまう事に怯《おび》えて、浅慮《せんりょ》な行動をとっていたようだ。

自分からライの手を離してしまっていた。

『俺の居場所はここだけだ』

『何があってもお前の味方でいる…………側にいさせてくれ』

ライはどんな時もローズレイに寄り添ってくれた。

ライがローズレイを拒否した事があっただろうか。

たとえ、ライがスフィアを好きなのだとしても、ローズレイとの信頼関係は壊れたりしないし、ライもヒューレッド家にいてくれる。

「諦めたらそこで全てが終わってしまう。後悔するのは全力でぶつかった後でも遅くない………貴女《あなた》だけが私に、そう言ってくれたのよ」

「マルナ……」

「だから私は、幸せを掴《つか》む事が出来たのよ……？」

「………‼」

「そうでなければ、一人で悩み、苦しんで、権力を振りかざしてパルファン様に迫っていたかもしれない……。パルファン様に近づくもの全てに嫉妬して、許せなかったかもしれない………でも運命は変わったわ」

マルナは力強くローズレイに言った。

その言葉は深く胸に突き刺さる。

ふと、以前のローズレイと約束した事を思い出す。

『お互い、幸せになりましょう！』

今、前のローズレイは幸せだろうか……？

野薔薇として胸を張って生きているだろうか？

家族がいない代わりに、自由なあの世界で。

そうだ、今のローズレイには大切な家族と、大好きな友達がいるじゃないか。

以前の世界で手に入れられなかったものを、全て得る事が出来ている。

もう、一人きりで悩まなくていい。

(ありがとう、ローズレイ……私は今、とても幸せだよ)

今更、「ライが好き」なんて都合が良い話かもしれない。

でも自分の気持ちを呑み込んだまま、ライと過ごす事は出来ない。

ライの気持ちがどこへ向いていても、ライが大切だという気持ちは変わらない。

それにスフィアの言葉に揺《ゆ》さぶられて、ライとちゃんと話をしていない。

辛くて心が折れそうになっても、またマルナに胸を貸してもらえばいいじゃないか。

「……もう、大丈夫そうね」

「ありがとう、マルナ……！」

マルナをギュッと抱きしめる。

あんなに暗い気持ちだったのに、不安がスッと消えていく。

「貴女《あなた》には、誰よりも幸せになって欲しいのよ……」

「……わたくしもマルナが幸せだと嬉しいわ」

「うふふ、私達兄弟はみんな貴女《あなた》の味方よ？　とっても心強いでしょう？」

「あははっ！　マルナったら……！　心強くて少し怖いくらいだわ」

「笑顔が一番よ！　私はライに報告してくるから、少し体を休めた方がいいわ」

「そうね……医務室で休ませてもらうわ」

気持ちは軽くなったが、頭と体は重いままだった。

少し休んだらライに謝ろう。

今ならば素直に気持ちを伝えられるはずだ。

「マルナ、また後で」

「ええ！　また」

ローズレイは迷子になる事なく医務室に辿《たど》り着く。

そこには誰もおらず、ローズレイはベッドに腰を掛《か》けて横になる。

花の甘い香りが心地良くて目を閉じた。

(マルナに話したらスッキリしたわ……諦めるなんて、わたくしらしくないわね)

ライに相手はまだスフィアと決まったわけではない。

そう思う事で少し気が楽になった。

ライの本当の気持ちを聞くまでは諦めてはいけない。

たとえ玉砕《ぎょくさい》したとしても、今より前に進めるのだろう。

昨日は一睡も出来なかったからか、すぐに睡魔が襲ってきた。

ローズレイが深い眠りについたのを確認するかのように、ベッドを覆《おお》うカーテンが開いた。

「…………眠ったか？」

「あぁ……よく眠っているよ」

「ハハッ……！　やっとだ！　ずっとこの時を待っていたんだ……っ」

すやすやと小さく聞こえる寝息。

二人の男が足音を立てないように近づき、ローズレイの髪に触れる。

「よし、運ぶぞ……薬が効いているから大丈夫だとは思うが、慎重にな」

「分かってる……」

「……あぁ、やっとだ!!　私の女神よ……！」

「なんと美しい……！」

「銀色の月に祝福を……」


マルナが教室に戻ると、微動だにしないライに一方的に話しかけるスフィアの姿があった。

ボディータッチに拍車がかかり、ライに寄り添い胸を押し付けている。

相変わらず周囲の事など、お構いなしだった。

ここまで来ると怒りを通り越して、呆れてしまう。

それを羨《うらや》ましそうに見ている取り巻きの令息達。

マルナは溜息《ためいき》を吐《つ》いた。

ライは珍しくボーッとしていて、心ここにあらずだった。

いつもと違うライの様子にマルナは眉をひそめた。

（何故、されるがままなの……？）

ライはヒューレッド家の……それもローズレイの護衛を任せられるほどに腕が立つはずだ。

ローズレイとの関係が上手くいってないからと仕事を放棄するような人ではない。

もしかして今、ローズレイがいない事にも気付いていないのだろうか……？

護衛対象であるローズレイを認識出来ていないとなると、ライの身に何か起こっていると考えていいだろう。

(体調が悪いのかしら……？)

ライの目の下、伸びてきた前髪が邪魔で分からなかったが、よく見れば深い隈がある。

瞳は虚《うつ》ろで、どこか遠くを見ている。

「……ライ、少しいいかしら」

「…………」

「ライ……？」

「マルナ王女……見て分かりません？　今、ライ様は私と話してるんですぅ」

スフィアがマルナの前に立ち塞《ふさ》がる。

ぷーっとわざとらしく膨らませた頬。

大きく潤《うる》んだ瞳に可愛らしい仕草……確かに、これは男心をくすぐりそうだ。

といっても、マルナにはスフィアの魅力は全く分からない。

誰にでも尻尾を振り、見境なく男を漁る姿は気品も美しさもない。

「私はライに用がありますので、退《ど》いていただけます？」

「ライ様は私と話したいのよ！　ねぇ……ライ様？」

「………」

ライからは何の反応もないが、勝ち誇ったような顔をマルナに向けるスフィア。

明らかに一国の王女に対しての態度ではない。

いくら元平民だとしても、常識がないという話では済まされないだろう。

ピリピリとした空気に、周囲は静まり返っていた。

固唾《かたず》を呑んで成り行きを見守っている。

ずっとライの腕を離さないスフィアを見かねたマルナは口を開く。

「そのように淫《みだ》らに殿方の体に触るなんて、はしたなくてよ……少しは自重なさったら？」

「はぁ……？　意味分かんない」

マルナは嫌味を込めていうが、全く通じていないようだ。

「言葉の意味も理解出来ないなんて……可哀想ね」

「なっ……!!」

フッ……と息を吐き出すのと同時に、マルナは困ったように笑みを浮かべた。

「もう少し、周りを見て行動なさったら？」

「貴女《あなた》には関係ないわ！」

「まぁ、怖い………殿方に胸を押し当てて媚《こ》びるなんて、私にはとても真似出来ないわ」

「そ、そんな酷い事言わなくても……」

「あら、そうかしら？　貴女《あなた》の頭のほうが、よっぽど酷いわよ……？」

「うっ、助けて……！　マルナ王女が私の事を虐《いじ》めるのっ」

スフィアが瞳を潤《うる》ませて、いつも味方をしてくれる令息達をチラリと見る。

しかし、誰もスフィアと目を合わせずに、庇《かば》う事もなかった。

令嬢達のクスクスと笑う声に、スフィアは顔を真っ赤にさせて「信じられないっ！」と吐き捨てると、教室から出て行った。

まるで騒ぎが聞こえていないのか、ライは未だに動かない。

「……ライ」

「…………」

「ライッ！　いい加減になさって！」

マルナはガンっと音を立てて机を手のひらで叩いた。

あまりの勢いに教室内が静まり返る。

「しっかりなさいっ……!!」

マルナはライの顔を両手で掴《つか》むと、無理矢理目を合わせる。

「……っ!?」

ふと、意識を取り戻したかのようにライの体がピクリと反応する。

動揺しているのか、瞳が左右にゆらゆらと揺《ゆ》らめいていた。

汗ばんだ肌のせいで髪がしっとりと濡れている。

そして、ひどく驚いた表情をしたライがマルナを見ていた。

「………マ、ルナ王女殿下？」

「貴方、大丈夫……？」

「………？」

「ライ……隣を見てご覧なさい」

隣の机に、ゆっくりと視線を移す。

誰も座っていない椅子を数秒見つめていたライは、ガタリと大きな音を立てて慌てた様子で立ち上がる。

「――ッ!!」

「ローズレイは、医務室で寝てるわ……」

「………ぁ」

ライは力が抜けたのか、椅子に腰を掛《か》けてから、両手で頭を押さえていた。

手が微かに震えている。

「もしかして具合が悪いの……？」

「………っ」

ライは僅かに首を縦に振る。

こんなに弱りきって、感情を表に出すライを初めて見た気がした。

「貴方もローズレイと一緒に医務室で体を休めた方がいいわ……。私はパルファン様とヒューレッド家に、この事を知らせるわね」

「……」

「早く行った方がいいわ……先生にも私が知らせておくから」

ライは無言でコクリと頷き、教室から出ると医務室へと走って行った。


医務室へ向かいながら、ライは重たい息を吐き出した。

頭の痛みが増していく。

席につき、スフィアが話しかけてきた瞬間に意識を持っていかれた。

悪夢を見ているようだった……

ぼんやりとしていた視界がクリアになり、目が醒めると、目の前に真剣な顔をしたマルナがいた。

それまでの記憶が、ごっそりと抜け落ちていた事に気付く。

驚きに言葉をなくした。

自分は、どれだけ気を失っていたのだろう……？

ローズレイの元へと急いでいると、突然手首を掴《つか》まれる。

振り返ると、毎回うざったいほどに絡んでくるスフィアという少女がいた。

「ライ様」

「…………離せ」

「どこに行くんですかぁ？　もう授業始まりますよ」

「おい……！」

「教室へ戻りましょう……ね？」

甘えた声を出しながら、纏《まと》わり付くこの女が目障《めざわ》りで仕方ない。

手を振り払い、ローズレイの元へ足を進めようとした時だった。

「うふふ……コレ、なぁんだ？」

スフィアが妖《あや》しい笑みを浮かべながら、ライへと一歩、また一歩と近づいてくる。

そして、スフィアが持っている黒い小さな袋に意識を持っていかれそうになって、ライはフラリと壁に寄りかかり、しゃがみ込んだ。

「……………ッ」

無理矢理、引き摺《ず》られるような感覚。

黒い袋から目を離せない。

厚い革で作られていて、中身は何が入っているのかは分からなかったが、とても嫌な感覚がした。

スフィアは平然と立っているのに、ライは立ち上がる事もままならない。

「あはは、やっぱりコレのせいで苦しいのね……？」

「な、に……」

「これは魔力が強い黒髪の人達を捕まえる時に使うんですって……あぁ、これは言っちゃいけなかったんだわ」

「………………!!」

捕まえる……ライはその言葉を聞いて真っ黒な感情が体を駆け巡る。

スフィアの首元に手を伸ばそうとするが、力なく腕が落ちてしまう。

それは奴隷として捕らえられる時に覚えた感覚。

ライは簡単に意識を失い、気付いたら貴族の屋敷に囚《とら》われていたのだ。

先程ライが意識を鈍《にぶ》らせたのも、スフィアが持ってる黒い袋が原因なのだろう。

燃えるような怒りが湧《わ》き上がる。

自由に動かない手足が憎らしい……!!

「これ、すごく強力って言っていたのに……」

「…………ぐっ」

「……っ！」

「倒れないなんて……さすがライ様」

「でもこれがあると、ちゃんと話も出来ないわね」

上機嫌なスフィアが透明な箱に黒い袋を仕舞《しま》うと、急に体が楽になった。

ライは荒い呼吸を繰り返す。

「…………なにが、入ってる？」

「えっと、魔族の血と何かを混ぜて固めたって言ってたけど…………興味なかったから分からないわ」

「…………!!」

「あとは内緒、もう教えてあげなぁい」

スフィアがそれを持っている以上、ライは下手に手を出す事が出来なくなった。

それを知ってか知らずか、スフィアは透明な箱をライの目の前で見せつけるように持っていた。

「ライ様………………貴方、本当は魔族なんでしょう？」

「………………は？」

「私は全て知っているもの」

「違う……」

「いいえ、貴方は魔族よ」

「………………」

「うふふ……上手く隠してたみたいだけど、無駄よ？」

それは誰も知らないはずの、ライの秘密。

ライは、内心動揺していた。

ろくに話した事もないスフィアが、ライの正体を暴いていく。

ビスクから秘密が漏《も》れる事は考えづらい。

だからこそ、真実を知るスフィアが恐ろしい。

心臓がドクドクと脈打つ音が聞こえて、ライは胸元を押さえた。

「……瞳が真っ赤ね」

「!!」

「この世界では瞳と髪の色が違うのは魔族だけ……そうでしょう？」

今、ライの瞳は魔法で黒いはずだった。

勝手に魔法が解けるなんて今までなかった。

けれど、怒りで赤く変わってしまったようだ。

ビスクから、学園に行く為に前髪を切れと言われた際に渡された魔法陣。

まだ国から正式に発表されていなかったローズレイが創作した魔法。

それで瞳の色を変えるようにと言われていたのだ。

もう一度、瞳を黒くする為に魔法陣を思い浮かべる。

それからスフィアを睨《にら》みつけた。

スフィアはライの顔を嬉しそうに見つめるだけ。

得体の知れない人間とは、スフィアのような存在を言うのだろうか。

容赦なくライの心を掻《か》き乱す。

土足で踏み込んで、簡単に暴いていく。

「…………何故」

「何故ですって……？」

「……」

「貴方は最後には私を選んでくれるんでしょう？」

「…………意味が分からない」

「だってもう、決まっている事だもの」

話の通じないスフィアは、じりじりとライへ近づいてから体を密着させる。

冷たい手がライの頬に触れる。

思い切り振り払う事も出来るが、自分の正体を知り、奴隷商人と繋がっている、スフィアの事がどうしても気になってしまう。

「良い事を教えてあげるわ」

「……………」

「貴方を救えるのは女神《ローズレイ》じゃない……聖女《わたし》だけなのよ……？」

「…………は？」

ライは意味が分からずに眉をひそめた。

救う……？　ローズレイではなくスフィアがライを救うとはどういう事だ。

それに、もうライはローズレイに救われている。

ライの中でこれ以上の救いなど有りはしない。

「ライ様の中の魔族の血を鎮めて、進行を止められるのは、私が持つ聖女の〝癒しの力〟だけよ？」

「……進行を」

「そうよ……力が弱まるの」

「…………。俺は人間だ」

「今は、でしょう……？」

「何が言いたい……」

「自分だって分かってるはずよ……？」

「………」

「ねぇ、いいの……？　このままで」

問いかけるスフィアは、満面の笑みを浮かべていた。

よっぽど自信があるのだろう。

まるで答えが分かっているかのように振る舞っている。

ライも癒しの聖女は知っているが、目の前で妖《あや》しく笑うスフィアが聖女だとは到底思えなかった。

「ローズレイの側にいられなくなるわよ……？」

「………っ！」

「完全に魔族になる前に……私を利用してみない？」

甘い罠だと思った。

けれど、ローズレイの側にいたい……

ライの気持ちは激しく揺《ゆ》さぶられていた。

ライは、魔族とシルヴィウス王国に住む黒髪の女性との間に生まれた子供だった。

ライの父親が魔族であると告げたのは母親だった。

初めは黒かった瞳が、成長と共にだんだん赤みを帯びていく。

それを知られたら、もうこの国にはいられなくなってしまう。

魔族だと知られたら何をされるか分からない。

だからライは前髪を伸ばした。

絶対に人にバレてはいけない秘密。

感情を荒げるな……小さい頃から母親に言われた事だった。

怒りと恨みに反応するように魔族の血が騒ぐのだ。

奴隷時代は心を殺すのに必死だった。

けれど、周囲を恨まずにはいられなかった。

ローズレイと共に過ごすようになってからは、自分が半分魔族だと忘れてしまうほどに心地良かった。

ローズレイの側にいると怒りや憎しみ、恨みに支配されずに済んだ。

今まで魔族の血が抑えられていたのは、ローズレイの近くで穏やかな日々を過ごせたからかもしれない。

しかしここしばらく、精神が不安定になっていた。

(この女が現れてからだ……)

ライの頭の中に、ある言葉が響き続けている。

『こちらに来い』

北の荒れ果てた広大な土地は魔族が住む場所だ。

見た事も行った事もないはずなのに、夢で何度も見せられる光景……

そこへと心が引き寄せられていく。

抵抗すると頭が割れるように痛くなるのだ。

夢を見るのが嫌で、最近は眠れない日々を過ごしていた。

「私にキスすれば、貴方の中にある魔族の血が弱まるわ」

「……」

「さぁ、私の手を取って……」

スフィアの言葉が嫌でも耳に残る。

スフィアはうっとりとした表情で、ライを見ていた。

（人間でいる事が出来たら、ずっとローズレイの側に……）

『わたくしを信じて』

『ライの事、大好きだし守ってあげたい。それに……ずっと一緒にいたいもの。貴方はわたくしの特別なの！』

ふと、ローズレイの顔を思い出す。

（……違う、こんな事を求めているわけじゃない）

ライはスフィアの手を退《ど》けて、そっと体を離した。

「え……？　どうして……ッ!?」

「……」

「何で？　何でよ……!!」

スフィアが大声で叫ぶのを無視して、ライは歩き出す。

力尽《づ》くで服を引っ張るスフィアに、仕方なく足を止めた。

冷めた目で睨《にら》みつけると、スフィアの肩がビクリと揺《ゆ》れる。

「……離せ」

「ッ、絶対に嫌よ!! 私が必要でしょう? どうしてみんな、私のものにならないの……っ!?」

ライはスフィアの手を思い切り打ち払った。

「俺は、お前のものにはならない……！」

「……ッ、魔族になってもいいの!? 今だったら、まだ人間でいられるのよ!?」

「……聖女の力なんて、どうでもいい……」

「何ですって……？」

「俺に必要なのは女神《ローズレイ》だけだ…………側にいられなくても、それは変わらない」

「!!」

「俺が愛しているのはローズレイ、ただ一人だけだ」

ライはスフィアを無視して走り去る。

胸騒ぎがする。

今はローズレイの側に行かなければいけない……そう強く思った。

ライの背中を見送りながら、スフィアは笑みを浮かべた。

「まぁ、いいわ……結局最後には全て私のものになるんだから！」

スフィアの頼まれていた仕事は終わった。

ローズレイを一人にしてから時間を稼ぎ、ライを足止め出来た。

これでスフィアの願いは叶うはずだ。

「……馬鹿な男」

ここでスフィアの手を取れば幸せになれたのに……

「うふふ……ローズレイは、もうここにはいないんだけどね」


――ローズレイはぼんやりとした視界に目を擦《こす》った。

そういえば学園の医務室で寝ていて……？

「……っ!?」

見慣れない天井にローズレイは飛び起きた。

ぐっすり眠ったおかげで頭痛は治まっていた。

状況が把握出来ずに、周囲をキョロキョロと見回した。

（…………ここはどこ？）

白と金を基調とした豪華な部屋。

天蓋《てんがい》付きの広いベッドの上に、ローズレイは寝かされていた。

そして、制服ではなく白地に金の刺繍が施されたシルクのローブを着ていた。

柔らかい布が体にピッタリとフィットする。

誰かがローズレイを着替えさせたのだろうか……

そう思うと恐怖が襲う。

窓もなく、光が入らない部屋の中。

外の様子を窺《うかが》い知る事は出来なかった。

壁には大きな絵画が飾ってあり、そこには銀色の月、女神と獅子が描かれていた。

(……何が起こってるの？)

大きな扉を開けようとしてみるが、鍵が掛《か》かっていて開かない。

虚《むな》しくガチャガチャと音を立てるだけだ。

窓もなく他にも脱出口を探してみるが、何処《どこ》にも見当たらない。

(どうしてこんな事に………もしかして何処《どこ》かに連れ去られたの……？)

手足を拘束《こうそく》されていないのが唯一の救いだろうか。

部屋中で、武器になりそうなものを探す。

コンコン……と控えめにドアを叩く音が聞こえた。

ローズレイはドアから一番離れた場所に立ち、側にあった燭台《しょくだい》を掴《つか》むと、扉に向かって構える。

これならば刃物を持つ相手にも迎え撃つ事も出来る。

どうにかして、ここから逃げ出さなければ……

ゆっくりと扉が開く。

「ああ……女神様、お目覚めでしたか！」

ローズレイは見覚えのある顔に目を見開いた。

「学園長………？」

「お疲れでしたか？　よくお眠りでしたね」

「どういうつもりです……？」

「女神様、私の事はソールとお呼び下さいませ」

学園長……ソールは満面の笑みを浮かべながらローズレイを見ている。

学園長が女神信仰の過激派だという事は知っていた。

なるべく近づかないようにと言われていたのに……

「何故、貴方が……」

「ずっと女神様にお会いしたかった……」

「………」

「あぁ……本当に美しい」

惚《ほう》けたような表情のソールがローズレイを見つめていた。

ローズレイの話など、まるで聞こえていないようだった。

「………家に、帰らせてください」

「はて……？　貴女《あなた》様の家はここですが」

「違います……！」

「何を仰《おっしゃ》っているのですか？　女神様は本来ここにいるべきなのですよ……？」

「何を……」

冗談などではなく、本気でそう思っているのだろう。

今までがおかしかったとでも言うような口振りだ。

近づいてくるソールに燭台《しょくだい》を向けて、これ以上近づけば容赦しないと威嚇《いかく》する。

本能で感じていた……危険だと。

「女神様は混乱しているようだな……」

「わたくしは女神ではありません……ローズレイ・ヒューレッドです」

「まぁ……今はいいでしょう。貴女《あなた》は女神の力を授《さず》かった。その事実は変わらない……」

「………」

「おい！　早くお茶を用意しろ」

ソールに呼ばれた女性はガタガタと震えながら、ワゴンを押して部屋の中へと入る。

ワゴンの上には、お菓子とティーセットが載っていた。

紅茶を淹《い》れる途中で、カップがカチャリと大きな音を立てる。

するとソールは人が変わったように怒り、怒鳴り声をあげる。

「……このっ！　役立たずがッ」

ソールはポケットから鞭《むち》を取り出すと、その女性に向けて思いきり振り上げる。

「おやめくださいッ!!」

ローズレイが大きな声で叫ぶと、ソールはピタリと動きを止めた。

そして振り返り、貼り付けたような笑みをローズレイへ向ける。

「おっと……見苦しいところを」

「……っ！」

「お茶もろくに用意出来ないとは……使えない奴だな」

「……ごめんなさい、ごめんなさっ……」

「女神様の前で粗相《そそう》をするなど許される事ではない……独房に連れて行け」

ソールに呼ばれたのか、体格の良い男性二人が部屋へと入ってくる。

そのまま捕らえられ、男達に引き摺《ず》られながら泣き叫ぶ女性を助けようと、ローズレイが駆け出すと、ソールがローズレイの肩を掴《つか》み、行く手を阻む。

「……離してくださいッ！」

「汚れてしまわれますよ……」

「行かせてくださいっ！　あの方は何も悪くありません‼」

「女神様、どうぞお部屋へお戻りください」

ローズレイが何を言っても、その女性が解放される事はなかった。

次に現れた女性は、慣れた様子で紅茶を淹《い》れていく。

服の隙間から手首が見えたが、傷だらけで見ていられない。

表情は人形のようで、目は虚《うつ》ろ。

機械のように動いて、一言も話さずに去っていった。

「………ここはどこですか」

「だから女神様のいる場所だと……」

「いい加減にして下さい……！」

「はぁ……面倒だな。ただ言う事を聞いていれば良かったのに……」

高圧的な視線……ローズレイを見下した態度。

ここで怯《ひる》んではいけないと気を強く持ち、ソールを睨《にら》みつける。

足を組み、笑顔が消えたソールは、表情を作るのも面倒になったのか、苛々《いらいら》した様子で息を吐き出した。

「……人形のようにしていれば良いものを。途中までは上手くいっていたのだが、まさか意思が宿るとは思いませんでしたよ」

「………何の話でしょうか」

「いや、こちらの話です」

「…………」

「……貴女《あなた》は女神の力を持った唯一の人間なのです。だが、その才能を自分で開花させるとは思いませんでしたがね」

おそらくそれは魔法を創造出来る力の事だろう。

確かに以前のローズレイは、この力を持ってはいなかった。

ローズレイがみんなの為を想い、どうすればいいのか考えた結果、新しい魔法が出来たのだ。

「国王の保護下に置かれたら、簡単に手出しが出来なくなる……。それを分かった上で………クソ、あの赤騎士さえいなければ……!」

「…………」

「それは我々の役目なのにッ‼」

ソールがバンっと大きな音を立てて机を叩く。

我々の役目……どうやらソールは何かを企んでいて、ローズレイを何らかの方法で利用しようとしていたのだろう。

そして、ローズレイがこの力を得る前から魔法を創造出来る事を知っていたようだ。

「……教会に伝わる古い書には、こう書かれていたのです………… 〝女神と同じ見た目の者は女神と同じ力を所有する〟……とね」

「……‼」

「その力は我々が目覚めさせてあげたかった……あぁ、それなのに……」

「つまり、わたくしが魔法を創り出す力を持っている事を知っていたのですね」

「えぇ、もちろんです」

「……それで?」

ローズレイの力を使い、何をしようとしているのか。

「この腐りきった王国を建て直しましょうッ‼」

「……⁉」

「ここは女神様の為の国でなければならない……それなのに今の王国は何です？　平和ボケも良いとこだ。北の大地には魔族がのさばり、隣国とは仲良しこよし……反吐《へど》が出る」

「……今、この国はとても安定しています」

「我々は！　我々の国に与えられた女神の力を使って国を広げ、そして圧倒的な力で支配するのですッ！」

「馬鹿げた話だわ」

「いいえ……貴女《あなた》様の力は強大で、使い方によっては国を滅ぼす事など造作もないのですよ」

「……‼」

まさか、以前のローズレイが国を滅ぼしたのも、女神の力なのだとしたら……

〝全て消えてしまえ〟

ローズレイが強く願った事で、魔法が発動したのだとしたら、全ての辻褄《つじつま》が合うのではないか？

ローズレイは自分の手のひらを見た。

自分には国を滅ぼしてしまうほどの力があるのだとしたら……

これをソールに悪用される事だけは絶対に避けなければならない。

「………要はですね、貴女《あなた》に魔法を創って頂きたい」

「嫌ですわ」

この状況を見る限り、みんなの役に立つ良い魔法ではなさそうだ。

「ここは魔法陣を創ってもらう為に用意した神聖な部屋ですよ。ふふ、ずっと貴女《あなた》が来るのを心待ちにしていましたよ」

「わたくしが貴方に言われて魔法を創るとでも……？」

「ははっ……いいや？」

「……だったら」

「私もね、馬鹿じゃない……」

「………」

「貴女《あなた》が何をすれば動くのか大体見当がつきましたよ。貴女《あなた》の前で奴隷を一人ずつ殺すと言ったら……？」

「!!」

「さぁ、女神様……優しい貴女《あなた》には、さぞお辛いでしょう？」

「………ッ貴方」

「あははっ、弱い者から淘汰《とうた》されていく……自然の摂理だ。優しさで飯《めし》が食えますか？　甘いんですよ」

ソールはニコリと微笑《ほほえ》んだ。

まるで、花を手折《たお》るように簡単に命を摘《つ》もうとしている。

その発言にローズレイは絶句するしかなかった。

そして先程の女性を庇《かば》った事により、ローズレイの一番嫌うところを確実に突いてくる。卑怯なやり口に唇を噛みしめた。

「女神様……どうされます？」

「ッ!!」

「奴隷如きを庇《かば》うなんて貴女《あなた》も相当…………お人好《ひとよ》しなのか馬鹿なのか」

ソールはローズレイを蔑《さげす》むような視線を送る。

血走った目……背筋に悪寒《おかん》が走る。

ソールの化けの皮が剥《は》がれていく。

柔らかな仮面の下に隠れていたのは残虐な素顔だった。

「……酷い」

「酷い……？　野垂《のた》れ死ぬだけの奴らに価値を与えてやっているんです。感謝されたっていいくらいだ」

ソールはただ、当たり前のように吐き捨てた。

相容《あいい》れない考えを目《ま》の当たりにして、ローズレイは言葉を失った。

そんなローズレイを見ながら、ソールは優雅に紅茶が入ったカップを口元へ運んでいく。

「…………貴方は人間じゃないわ、化け物よ」

「化け物？　黒髪の奴らこそ化け物だ。アイツらは魔族の血を引いている。私の手で全員消してやるまでは安心出来ない。魔族こそ〝悪〟だ」

「……そんな事ないわ！　魔族も人間も同じだわ！」

「女神様にべったり張り付いていた男……あの魔族は、確か〝ライ〟と言ったかな」

「……!!」

「コレとスフィアのおかげで、やっとあの男を貴女《あなた》から引き剥《は》がす事が出来たんだ」

「……!?」

ソールは内ポケットから黒い袋を取り出す。

何か嫌なもの……それだけは分かった。

「やはり魔力が高くても女神様には効かないようですね」

「どういう事なの……その袋は？」

「コレは黒髪の奴らを捕まえる為の道具ですよ」

「………!?」

「彼らはコレの前では抗《あらが》えない。簡単に意識を飛ばしてくれるので、抵抗もされず効率よく集められるのですよ」

「……このッ!!」

ローズレイはソールを殴り飛ばそうと首元を掴《つか》み上げる。

怒りで頭がおかしくなりそうだった。

硬く握り締《し》めた拳を振り上げると、ソールは冷めた声で言った。

「っ……大切なライがどうなったか知りたくないのですか？」

「それに……私に手をあげれば外にいる奴隷が死にますよ？　貴女《あなた》のせいで」

ローズレイは力を抜いてソールから手を離す。

ギリギリと歯が音を立てる。

ソールは襟元《えりもと》を簡単に整えて、愉快そうにローズレイを見ていた。

「スフィアは本当に良い働きをしてくれた。貴女《あなた》達の仲に亀裂《きれつ》を入れて、あの男を足止めして、貴女《あなた》様が一人になるよう誘導してくれたのだから……」

「何故そんな事を……！」

「全てを手に入れたい……そう言っていたかな。強欲なあの子は簡単に餌に食いついたよ。でも、どうでしょうね……」

「…………」

「……コレを使った事で魔族の血が暴走するでしょう。そうしたら奴はもう人間ではなくなる……」

「………⁉」

「癒しの聖女であるスフィアでしか、人間に戻せないと言っていたか……妄言《もうげん》かどうかは知らないが、行き過ぎると扱いづらい」

「何故……」

「さぁ？　詳しくは私も知らないのですよ………そのおかげで貴女《あなた》を手に入れる事が出来ました」

「…………っ！」

ソールはおかしそうに笑っていた。

「それが交換条件なんて馬鹿な女だよ……全く」

「交換条件……」

「そうですよ。学園内で上手く手引きをする事……その代わりに奴の自由を奪うコレと交換したのです」

「そんな……」

「もし奴が本当に魔族になったのだとしたら、スフィアの手に負えるとも思えませんがね……上手くいけば何でもいい」

「……なんて人なの」

「ああ……でも今頃、スフィアに縋《すが》っている頃じゃないですか？　もしスフィアが言っている事が本当ならば、あの子に頼む事でしか人間でいられないのだから」

「…………」

「その方法がキスをする事だなんて、なかなか面白い情報をスフィアは知っていましたよ」

ソールは心底どうでも良さそうに笑っていた。

ソールにとってスフィアさえも捨て駒なのだろうか……

それに、ライが無事なのか、不安で仕方ない。

「…………スフィア様とは、どのような関係ですか」

「あぁ……あれは私の兄が使用人に孕《はら》ませた子です。あの子にとって私は叔父になるのでしょうね？」

「……そう、ですか」

「ヒューレッド家はどう動くでしょうね……！　魔族を雇《やと》っていたなんて知られたら非難の的だ!!　くくっ、まだ公爵でいられるか、見ものですね……？」

ライが前髪を伸ばし続けていた理由と、人との接触を避けていた理由が分かった気がした。

どうしてライは秘密を話してくれなかったのだろう……？

それに、ローズレイのせいで公爵家に迷惑が掛《か》かってしまう。

ソールは全てを理解した上でローズレイを揺《ゆ》さぶっている。

ローズレイはギュッとローブを握りしめた。

それを見たソールは口角を上げた。

「……何かあればベルで呼んでくださいね」

「……」

「あぁ……私の奴隷達に助けてもらおうなんて思わない事ですよ？　彼らは調教済みですから、私以外の者の言う事を聞きませんからね」

そう言って、ソールは部屋から出ていった。

ローズレイが下手な事をすれば、奴隷の人達が殺されてしまう。

そして精神を甚振《いたぶ》り、ローズレイを意のままに動かそうとしているのだろう。

（……最悪なやり方ね）

ローズレイは首を横に振る。

学園長であるソールが……女神信者がこんな事をしているなんて本当に驚いた。

ビスクが追っていた奴隷商人の元締めがソールなのだとしたら、悲しみの連鎖を止める為にも必ず、ビスクに知らせたい。

今は落ち込んでいる場合ではない。

「………よし！」

絶望なんてしない。

ローズレイは自分の頬をパンっと叩いた。

とりあえず助けが来るまで、何としてでも時間を稼ぐ。

ヒューレッド家や王家がローズレイを捜してくれているはずだ。

皆を信じて、今はやるべき事をやろう。

ベッドの隣にあるサイドテーブルには、魔法書とソールが作って欲しい魔法のリストがあった。

反吐《へど》が出そうになる内容に、ローズレイはビリビリに紙を破りたくなった。


――ローズレイがいなくなった。

あの後、ライが医務室に駆け込むと、綺麗《きれい》に整えられたベッドの上に………ローズレイの姿はなかった。

スッ……と熱が引いていくのを感じて、ライはそこに立ち尽《つ》くした。

心と体が引き剥《は》がされたような痛みと悔恨の情にかられていた。

己の不甲斐なさに絶望の波が押し寄せる。

ライの落ち度だ。

スフィアの持つあの袋のせいで気を失っていた、なんて何の理由にもならない。

残ったのは己の怠慢に溺《おぼ》れた結果だけだった。

(絶対に守ると、そう誓ったはずなのに……)

もう、ライには時間がないように感じた。

多くの絶望と憎しみが、時を進めてしまったようだ。

突如訪れたタイムリミットに気持ちが追いついていない。

けれど、それ以上にローズレイが目の前からいなくなった事が耐えられなかった。

もっと早くスフィアの策略から逃れていれば……そんな後悔を必死に覆《おお》い隠し、ライはビスクの元へと急いだ。

「犯人の目星は付いている。あとは隠れ家の場所が分かれば……ローズレイはそこにいるだろう」

ビスクは落ち着いていた。

机の上に地図を広げて、的確に指示を出していく。

「いつか仕掛《か》けられるとは思っていたが、こんな姑息《こそく》な方法で来るとはな……すぐに危害は加えないだろうが急ぐに越した事はない」

「申し訳、ありません……」

「ライ、お前のせいではないよ」

「俺がっ……俺がもっと……ッ！」

「いいや……まだまだ私も脇が甘かったようだ……それに、ライ一人に負担を掛《か》けすぎてしまった」

「…………旦那様」

ユーアは祈るように手を合わせて涙を流し、リズレイは話せる状態ではない為、部屋で休んでいた。

事情を聞いたマルナが泣きながら公爵家へ駆け込んできた。

ビスクに必死で訴える。

「私が医務室に行けなんて言わなかったら……！」

「王女殿下、落ち着いてください……」

「ライは悪くないの……！　ごめんなさいッ‼　もっと警戒していたらこんな事には……」

マルナは、そう言って何度も何度も謝罪していた。

パルファンがマルナをそっと抱きしめる。

肩を揺《ゆ》らしながらマルナは泣き続けた。

「今まで本当に良くやってくれた、自分を誇りに思いなさい」

「ライ、自分を責めるんじゃない……！」

ビスクとゼフがライに声を掛《か》けた。

それでもライは自分を許す事が出来なかった。

憎しみ、恨み、後悔……負の感情に頭が支配されていく。

水に墨が広がっていくように、黒く、黒く染めていく。

薔薇《ばら》を刻んだ胸元がズキズキと痛んだ。

ライは全身に汗をかき、荒く呼吸を繰り返していた。

魔法陣を何度思い浮かべても、もう瞳の色を隠す事が出来ない事に気付く。

血が巡るように、感じた事のない熱さが体に広がっていく。

それでも、スフィアを頼らなかった事を後悔していない。

「……見せてみなさい」

ビスクがライの襟元《えりもと》のボタンを外し、シャツをめくる。

胸元の薔薇《ばら》から腹や首へと黒い茨《いばら》が伸びていた。

「…………限界か？」

問いかけるビスクに、ライはコクリと頷いた。

こうなる事は分かっていた……ただ少し、時期が早まっただけだ。

あの時、ローズレイがライを救ってくれなかったら、その日に魔族になっていたかもしれない。

(幸せな夢を見ていたんだ……ずっと)

今、何より大切にしたいのはローズレイの笑顔だ。

それを守る為ならば、何だってしよう。

（最後まで……）

奴隷時代に憎しみや怒りを募《つの》らせて進行を早めてしまった事も分かっていた。

それでも、ローズレイの側にいたいとビスクに願った。

その代わりに、自分が持つ全てを懸《か》けてローズレイを守る、と……

ビスクはライの赤くなった瞳を見て静かに頷いた。

魔族と分かった上で、ビスクはライをローズレイの側に置いてくれた。

その信頼に応《こた》える為に……また、自分自身の誓いを守る為に、ローズレイの名前と同じ薔薇《ばら》を肌に刻んだ。

それと同時に、少しでも長く魔族の血を抑えられるように…… そして、自《みずか》らが暴走してしまわないように魔法陣を描き込んだ。

魔族の血に反応すると茨《いばら》が伸びて、ライに苦痛を与える。

これはもしもの保険だった。

もしも、ライが突然魔族の血に支配され正気を失い、ローズレイを傷付けるような事があれば、茨《いばら》がライを縛り付けているうちに切り捨てて欲しい……そうビスクには伝えてあった。

それはライがシルヴィウス王国にいられるようにと、母親に教わった魔族の魔法陣だった。

父親がライの為に残してくれたものだと……

『ライ、大切な人を見つけて幸せに暮らすのよ……』

ふと、記憶の中……ぼやけて見えなかった優しい笑顔を思い出す。

奴隷狩りに遭い、離れ離れになってしまったけれど、母親は今、元気にしているだろうか……

その魔法は今、解けようとしていた。

胸の薔薇《ばら》と茨《いばら》が薄くなり消えていく。

魔法が解ければ、ライは魔族になるだろう。

もうシルヴィウス王国には………ローズレイの側にはいられない。

あの時、ローズレイを抱きしめて、どうして「お前を愛してる」と言えなかったのだろう。

涙を堪《こら》えながら去っていく背中を見送りながら、ただただ後悔を噛み締《し》める。

(………苦しい)

誰かに受け入れられる嬉しさも、共に過ごす温かい時間も、側にいたいと願う気持ちも……何もかも知らずに済んだのなら、楽に生きられたのかもしれない。

でも、もう幸せを知ってしまった。

あの笑顔を守れるのなら、喜んでこの身を捧《ささ》げよう……

今からライは魔族としての力を手にする。

ローズレイを捜して、救い出せる膨大な力を……

周囲は静まり返っていた。

それと同時に黒髪が腰まで伸びて、虹彩《こうさい》は真っ赤に染まり、瞳孔は細くなり猫のように妖《あや》しく光る。

体の奥から湧《わ》き上がる力……バチバチと指先から肩にかけて刻まれていくのは黒い羽根の模様。

まるで記憶の奥底に閉じ込めていたドアが開くように……不思議と自分の役割を思い出す。

「…………」

「ライ……大丈夫か？」

ビスクがそっと……剣の柄《つか》を握った。

「……旦那様」

「正気で、いられるんだな……」

「…………ええ、大丈夫そうです」

ビスクは全てを理解したのだろう。

少し悲しそうな、そしてホッとした顔をしてライを見ていた。

「…………フイ」

「はい」

「どうか……どうか、娘を頼む……っ！」

「もちろんです……」

（今の俺なら、ローズレイを捜し出せる……）

あの笑顔を最後にもう一度だけ……

ローズレイは朝なのか、夜なのかも分からない部屋の中にいた。

ローズレイが魔法と体術を駆使すれば、部屋から簡単に抜け出せるだろう。

幸い拘束《こうそく》もされていないし、警備も手薄なので、隙をついて外へ出る事は造作もない。

けれど……ローズレイが逃げ出せたとしても、ここに囚《とら》われている奴隷の人達が酷い目に遭うのかと思うと、部屋の外へ出る事は出来なかった。

出口に足が届くのに外へ出る事は叶わない。

ローズレイは見えない鎖に繋がれたままだ。

じんわりと涙が滲《にじ》むのを腕で乱暴に擦る。

ぐっ……と拳を握りしめる。

(弱気になってはダメ………どうにかしてみんなを救う方法を考えるのよ……!!)

――コンコンッ
乱暴なノックと共にソールはローズレイの部屋にやってくる。

「……やぁ、魔法陣は一つくらい出来ましたか？」

「………」

「つれないですねぇ……そう思わないかい？」

「ひっ……!?」

ローズレイがソールの言葉を無視すると、ソールは奴隷の女性の髪を引っ張り上げ、ナイフを首に突きつける。

先程まで無表情だった女性は小さく悲鳴を上げた。

「……ッ、まだ、まだ出来てないわっ！」

ローズレイが急いで答えると、面白くなさそうにソールはナイフを仕舞《しま》う。

女性は逃げるように部屋から出て行った。

ローズレイは唇を噛み締《し》める。

「……卑怯者っ」

「ははっ！　なんとでも言ってくださいよ」

ソールがベッドへと近づき腰を掛ける。

ただならぬ雰囲気に、ローズレイは無意識に距離を取った。

いつもとは違うソールの様子に危機感を募《つの》らせていた。

「魔法陣は、そんなに早くは出来ませんわ……！」

ローズレイが作る魔法は一週間で出来上がる事もあれば、一ヶ月かかる時もある。

魔法の種類にもよるが効果が強くなればなるほど、かかる時間も多くなるのだ。

「魔法が創れないのであれば致し方ない……」

「魔法は今創っています!!　だから……」

「初めから魔法を創る気などないのでしょう？」

見透《みす》かしたようにソールが言った。

ソールから渡されたリストには、人を操る魔法、大きな爆発を起こす魔法、呪いの魔法など、非人道的なものばかりが記されていた。

ここに来てからもう三日は経つだろうか。

ローズレイは何とかして時間を稼ぎたかった。

しかし、そんな浅はかな考えは通じないとでも言うように、ソールはローズレイを嘲笑《あざわら》う。

「私は、ずっと我慢していたんだ……」

「いや……離してくださいッ！」

「その反抗的な目もいいですが、絶望した時の顔はもっといいでしょうね……」

「な、なにを……」

「何って、貴女《あなた》を私のものにするんですよ……？　元々そのつもりですから」

そして、スルリと音もなく伸びた手がローズレイの腰を引き寄せる。

〝私のものにする〟

ローズレイは耳を疑った。

一瞬の隙をついてソールはローズレイを押し倒す。

「きゃあっ！」

「………あぁ、やっと女神様と結ばれるのですね」

「ッ、やめ……!!」

「私は、この世界での唯一無二の存在となるんだッ!!」

ソールにローズレイの言葉は届かない。

ローズレイの意思など関係ないのだろう。

うっとりとした表情でローズレイを見つめるソールにゾワリと鳥肌が立つ。

大きな体がローズレイにじりじりと近づいてくる。

逃げようともがくローズレイを見て、ソールは楽しそうに笑う。

ローズレイは伸びてくるもう片方の手を弾《はじ》き飛ばす。

触られた部分が気持ち悪くて仕方ない。

「諦めなさい……ここは誰にも見つけられない」

「──誰かっ！　誰か助けてッ！」

「誰も来ませんよ……ここ数日で理解したでしょう？　ははっ、助けは来ない……」

「嫌ッ！　離して……！」

体を捩《よじ》り、ソールを思い切り蹴り上げて何とか距離を取る。

そして、手のひらに電気を溜めて、ソールへ向ける。

「無駄な事を……」

「触らないでッ！」

「全く……手間をかけさせてくれる」

無駄だと分かっていても、最後まで絶対に足掻《あが》いてみせる。

ここで汚されるくらいなら……そんな考えが頭を過《よぎ》る。

ソールが溜息を吐《つ》き、ベルを鳴らして合図をすると、男達がゾロゾロと部屋へと入り込んでくる。

（……狂ってる!!）

ローズレイは息を呑んだ。

「ふふ、あははっ」

「……ッ、誰かぁ!!　助けて……！」

――ッドゴォオ!!

突如、天井が激しく崩れる音がした。

光が入った部屋の中、腰まである長い黒髪を靡《なび》かせた青年が立っていた。

赤い瞳と一瞬だけ目が合う。

ローズレイの瞳に溜まっていた涙がポロリと零れ落ちた。

「……許さない」

その声と共に、ローズレイの近くにいたソールが一瞬にして吹き飛んでいく。

「……ぐ、あぁッ!?」

壁に体を打ちつけられる重たい音と共に、汚い悲鳴が耳へと届く。

部屋に入ってきた男達は、あまりの恐怖に腰が抜けたのか膝から崩れ落ちた。

青年から発せられる威圧感に気絶した者もいた。

ローズレイは、流れる涙を拭《ぬぐ》い青年を見た。

（……助かったの？）

ソールの体は青年の手の動きに合わせて壁と床に叩きつけられていた。

荒い息を繰り返すソールに向けて青年が拳を握り込むと、苦しそうにのたうち回る。

他の人間も見えない何かに締《し》め上げられている。

そこら中から断末魔のような叫び声が聞こえた。

このままでは、命を落としてしまうだろう……！

ローズレイは、震える足でベッドから降りて青年の元へと向かう。

「……やっ、やめてください！」

「何故……？」

「死んでしまいます……！」

「………別に構わない」

口元にはうっすらと笑みを浮かべながら、青年は淡々と言った。

どうやらローズレイに危害を加えるつもりはないようだ。

ソール達を苦しめる腕を止めようと、ローズレイが手を伸ばした時だった。

――バチンッ!!

青年にローズレイが触れた瞬間、静電気のような痺《しび》れに弾《はじ》かれてしまう。

痛みに驚いたローズレイは咄嗟《とっさ》に手を引いた。

「……な、に？」

「やはりな……」

青年はピタリと手を止めて、自《みず》らの手のひらを眺めていた。

青年の気が逸れたからなのか、ソール達は気を失いドサリと倒れ込んだ。

黒く艶《つや》のある長い髪がサラリと揺れた。

しばらく下を向いて黙り込んでいた青年は、ゆっくりと顔を上げた。

先程の鋭い雰囲気が嘘のように柔らかくなっていた。

「……無事で良かった」

「え……？」

「今、使い魔を送って場所を知らせている……もう少しで騎士団が到着するだろう」

「……！」

「遅くなった。怖い思いをさせて、すまない……！」

聞き覚えのある声に、ローズレイは目を見開いた。

この声を知っている。

ローズレイが大好きな少し低くて耳に響く声……

ゆらゆらと炎のように揺《ゆ》れる赤い瞳から目が離せなかった。

「……ライ？」

「……」

「ライ、なんでしょう……？」

人間離れした美しい彫刻のような顔、腕には黒い羽根の模様が刻まれている。

伸びた髪、真っ赤な瞳。

「ローズレイ……」

そこには泣きそうな顔でローズレイを見つめるライの姿があった。

「………やっぱり」

「……黙ってて、ごめん」

ローズレイはライに触れようと手を伸ばす。

けれど、ライは一歩下がると静かに首を横に振った。

（………どうして？）

こんな近くにいるのに、ライを遠くに感じた。

「………俺は」

「ほんとに……本当に魔族、なの？」

「魔王だと……そう言われた」

「魔王……」

ライは魔族の王だとスフィアが言っていた事を思い出す。

そんな話、信じていなかった。

けれど、ライは魔王としてローズレイの前に立っている。

「……ねぇ、どうして？」

スフィアとソールの話が本当ならば、スフィアがライを救えるのではないのだろうか？

「何で……？　いいえ、今からでも間に合うわ！」

「………？」

「スフィア様に頼めば、ライは人間に戻れるのでしょう……？」

「…………」

「それなのにどうして、スフィア様を…………っ!!」

選ばなかったの？

その続きの言葉は出てこなかった。

鼻水と涙を流しながら嗚咽《おえつ》するローズレイはその場で崩れ落ちる。

だって…………その問いには、ライはもう応《こた》えているではないか。

ライは、ローズレイの手を取ってくれた。

自《みずか》らを犠牲にして、ローズレイを助けにきたのだ。

「もう、人には戻れない……」

「……っ」

「…………ローズレイ」

涙で歪《ゆが》む視界、名を呼ばれて顔を上げると、目の前には……

今まで見た事がないくらい、優しい表情を浮かべたライの姿があった。

「最後まで、お前だけのものでいたかったんだ……」

「…………!!」

「もう触れる事も、側にいる事も出来ないけど……」

「……いや、いやよ…………ッ」

その言葉の続きが聞きたくなくて、ローズレイは首を横に振る。

「これからも、お前だけを想い生きていく……」

まるで、今日が最後みたいな言い方だった。

ライが別れを告げようとしている。

溢《あふ》れる涙は止まる事を知らない。

「俺は北の大陸へ行く……ずっと呼ばれてたんだ」

どうして？　何故言ってくれなかったの……？

そう言いたいのに言葉が出てこない。

「ずっと側にいたかった……」

こんな時ばかり、優しくローズレイに微笑《ほほえ》みかけるライに胸が痛くなる。

「約束、守れなくてごめん……」

ライは別れがくる事を知っていたのだろうか。

どうしてローズレイに本当の事を言ってくれなかったのだろうか。

「お前に救われた恩は忘れない……お前は俺の全てだ」

ローズレイだって同じだ……この気持ちを全てライに伝えたい。

引き止めたいのに、触れる事すら叶わない。

(愛してる……)

喉に言葉が引っかかって、何も出てこない。

待って。

「……はは、酷い顔だ」

お願い……行かないで。

「最後に……笑った顔が見たかったのに」

側にいて……

「………ごめん」

赤い瞳から綺麗《きれい》な涙が頬へと、一雫流れていった。

伸ばした手は空を切る。

冷たい風と共に、すり抜けていった。

「さよなら……ローズレイ」


ローズレイはライが去った場所をただ、見つめていた。

ライはどんな気持ちでローズレイを捜してくれたのだろうか。

もっとローズレイに力があったなら……

スフィアの言葉に惑《まど》わされないほどの強い心があったのだとしたら……

ライとしっかり話をする勇気があったのなら……

こんな事にはならなかったかもしれない。

ライはこれから魔族として生きていくのだろう。

最後までローズレイの為に尽《つ》くしてくれたライに、ローズレイは応《こた》える事が出来たのだろうか。

涙は止まる事を知らずにハラハラと頬を伝った。

ライの言った通りしばらくするとビスクと騎士団が現れた。

床に座り込んでいたローズレイを、ビスクは震える手で抱きしめた。

「…………ローズレイ!!」

「おとうさま、ごめんなさぃ……ッ!!」

「無事で良かった……あぁ、本当に」

ローズレイは、隣国との国境の近くにある山奥の屋敷の地下室にいた。

ライが、ありったけの魔力と力を使ってローズレイを国中から探し出してくれた。

一歩遅かったらローズレイはどうなっていただろう……

考えただけでも恐ろしい。

公爵家に戻ると、リズレイとマルナとユーアは、泣きながらローズレイを抱きしめてくれた。

スタンカートやランダルトも駆け付けてくれた。

パルファンは瞳に涙を浮かべて「よく頑張った」と頭を撫でてくれた。

ただ、そこにはライの姿だけがなかった。

静かに涙を流すローズレイを、ビスクは包み込むように抱きしめた。

「すまなかった……」

そう一言だけ呟いた。

ビスクは、ライが魔族だと知っていた事、そして、ライに最後まで口止めされていた事を話してくれた。

魔族の特徴は黒髪と赤い瞳、シルヴィウス王国より遥か上の方……北の大陸に住んでいる。

圧倒的な力で他を寄せ付けない魔族は、他の国々から恐れられている。

関わらなければ何もしてこないが手を出そうとすれば国ごと滅ぼされてしまう。

その中でも魔王は強大な力を持ち、魔族や魔物を統《す》べている。

両腕に現れる黒い羽根の模様……それは魔王の証。

女神の持つ色が白銀であるように、魔王の外見の特徴もまた決まっている。

だから、ライは普通の魔族ではなく、魔王であるとすぐに理解したのだと、ビスクは教えてくれた。

ライが胸に刻んだ赤薔薇《ばら》は、ローズレイに忠誠を誓う為、そして、自身の魔族の血を抑える為のものだった。

ライは初めから、ずっと側にいられない事は分かっていた。

遅かれ早かれ、いつかは必ず別れが来る事を知っていた。

それでもライは、ローズレイの為に「ずっと側にいる」と、優しい嘘をつき続けた。

ローズレイは涙を流しながら黙って話を聞いていた。

哀しみで胸が押し潰されそうになる。

「ごめんね」と素直にそう言えば良かった。

「私も愛してる」と最後に伝えたかった。

後悔だけが波のように押し寄せる。

あの後、ソールは騎士団に連行された。

それと共に、屋敷に囚《とら》われていた奴隷達も解放された。

それにより、人身売買の元締めが女神信者の貴族達だった事が判明した。

国を支配しようとする過激な思想を持ち、女神信仰の裏で犯罪に手を染めていたのだ。

そして、屋敷の金庫の奥……厳重に保管されていたのは、奴隷商人達の名簿だった。

そのおかげで、陰に隠れていた奴隷商人を次々と摘発する事が出来た。

次々に暴かれる真実に国中は騒然となった。

人身売買、拉致監禁、不正な金銭の授受……魔族にも手を出しており、シルヴィウス王国を危険に晒しかねない罪が他にも次々に暴かれていった。

それに加え、ローズレイを利用して、隣国との戦争を企て国を乗っ取ろうとした反逆罪。

その罰は重く、ソールは大罪人として処刑される事が決まった。

スフィアはローズレイの誘拐に加担していた為に、容赦なく牢に入れられた。

ローズレイをライから引き剥《は》がし、尚且《か》つ、ローズレイが一人になったタイミングを見計らいソールに報告したのだ。

公爵令嬢であり、この国で唯一、女神の力を持つローズレイを危険に晒《さら》した罪は重かった。

尋問をされた時に、スフィアは「こんなエンディングはありえない」「ヒロインなのよ⁉ 私は癒しの聖女なのよ？」と言って激しく暴れていた。

「……あの女さえいなければ!!」と何度も何度も譫言《うわごと》のように繰り返していて、とても話を聞ける状態ではなかった。

後に調べて分かった事だが、スフィアは癒しの力を所有していなかった。

聖女であるという妄言《もうげん》を吐き、周囲を混乱させた罪も追加され、一生牢から出る事は出来ないだろう……とビスクは言った。

毎晩、狂ったように泣き叫ぶ声が地下牢に響いていた。


――あの日から一年が経った。

ずっと、悲しみと後悔が消える事はなかった。

ローズレイが再び拐《かどわ》かされない為に、警備を強化するようにと国から要請があった。

それに、事が落ち着くまでしばらく外出も禁止された。

ローズレイは学園に通うのを止めて、素直に従った。

屋敷にいるとライとの思い出が次々と蘇る。

裏庭の花を見つめていると、ライがまた側に来てくれる気がして……

(……落ち込んでいても、何も変わらないわね)

これから何をしたいかと問われたら、答えはたった一つしか思い浮かばなかった。

ローズレイには、やらなければいけない事が山のようにあった。

どうせ外に出られないのならと、部屋に篭《こも》り魔法陣を作り続けていた。

外出禁止令が解除されると、魔法研究所に行き、魔法の開発に勤しんだ。

ローズレイが外出する時には必ず護衛がつく。

けれど、ローズレイは特定の護衛や従者を決める気にもなれずにいた。

毎回護衛を替えるのも安全上良くないだろうと、ビスクが信頼している部下の一人であるルシウスが付いてくれるようになった。

ローズレイの元に山のように来る縁談も、全て断っていた。

ローズレイが愛しているのは、今も変わらずライだけだ。

(やりたい事は一つだけ、覚悟はもう決まってる……)

ローズレイは護衛術だけではなく、攻撃魔法や防御魔法を体に叩き込んだ。

傷だらけになりながらビスクから剣術の指導も受けた。

そして王立図書館に行き、魔族の歴史を学び、魔王についても沢山勉強した。


「…………お父様」

「……なんだい？」

「わたくし、今夜出発します」

ビスクとパルファン、リズレイの前に立ってローズレイは言った。

「……もう準備は出来たのかい？」

「はい、完璧ですわ」

「そうか……」

「……我儘《わがまま》を聞いて頂き、本当にありがとうございます」

ビスクは静かに頷いた。

「なによりも自分の命を優先しなさい。絶対に」

「はい、お父様」

「いざとなれば……分かっているね？」

「はい……危険が伴《ともな》えば、この紙で公爵家にすぐ戻って来れます」

チャンスはたった一度きり。

ローズレイに失敗は許されない。

みんな、ローズレイの為にと、忙しい仕事の合間を縫《ぬ》って時間を作ってくれた。

最初で最後のチャンス、絶対に無駄にしたくない。

「ローズちゃん一人じゃ危険だわ！　また前みたいに…………！　貴方……やっぱり私……ッ！」

「お母様……」

「リズレイ……私は愛する娘の願いを叶えてやりたい」

「……っ、でも！」

「もう戦う術を身につけたのだから。それに自分で経験しなければ得られないものもある。たとえ危険が伴《ともな》ってもだ」

「貴方……」

「ローズレイの成長を願おう……リズレイ」

リズレイの肩を抱き、宥《なだ》めるようにビスクが言った。

ローズレイは自分の意志を尊重してくれる家族に心から感謝していた。

「……ありがとうございます！」

どうしても自分の言葉でライに伝えたい事がある。

結果がどうであれ、受け入れる覚悟も出来ている。

「ローズレイ、忘れ物はないか？」

「バッチリです、お兄様」

「……そうか、此方《こちら》は任せておけ。俺の作戦は恐ろしいほどに完璧だぞ？」

「ふふ、さすがですわ！　皆様に宜《よろ》しくお伝えください」

「分かった………幸運を祈る」

「ありがとうございます……！」

パルファンが優しくローズレイの頭を撫でる。

表向きは、ローズレイは無理がたたり体調を崩している、という事になっている。

作戦というのは、スタンカート、マルナ、ランダルトの全面的な協力を得て、ローズレイがいない公爵家にお見舞いという名目で足繁《あししげ》く通ってもらい、国王や周囲の人の目を誤魔化してもらう事だった。

魔法研究所に送る魔法も、二つほど用意しておいた。

ローズレイは、ユーアに用意してもらった軽装に着替えると、魔法で髪と瞳を朱色に染める。

荷物が沢山入ったリュックを背負い、長い髪を黒色のリボンで纏《まと》め上げる。

「……ローズちゃん」

「お母様、大丈夫ですわ！　だって、わたくしはお母様とお父様の娘ですもの」

「…………ッ!!　そう……そうね、なら私は待ってるわ」

「はい！　連絡は毎日出来ますし、何かあったらすぐにここに戻ります」

魔法研究所の力と、野薔薇として生きてきた時の知識を使い、この一年、様々な魔法を開発してきた。

遠く離れていても連絡が取れる魔法に、ボタン一つで防御壁を張れる魔法。

危険が迫るとブザーが鳴り、寝ている時でも安心である。

それに箒《ほうき》に跨ると空だって飛べてしまう。

移動は楽に出来るし、賊や動物に襲われる事なく目的地へ行ける。

今日、ローズレイはライに会いに行く為に北の大陸へ向かう。

その為に時間を掛《か》けて準備をしてきた。

「では、行って参ります」

ローズレイは笑顔で駆け出した。

（…………………ローズレイ）

あれから一年経ったのに、寝ても覚めても、ずっとローズレイの事がライの頭から離れない。

とにかく仕事を詰《つ》め込んでいないと幸せな思い出に溺《おぼ》れてしまい、胸が苦しくなる。

この世で一番大切な人を泣かせてしまった……それなのに慰《なぐさ》める事も出来なかった。

ローズレイには、もう触れる事は出来ない。

それは魔族になってみて分かる事だった。

女神の力を持つローズレイと魔族であるライの力は反発してしまう。

一年前、北の大陸では、前魔王が亡くなり、次期魔王を決める争いが起こっていた。

その争いは国を荒らし疲弊させていった。

ところが、ライが北の大陸に到着して、腕を見せただけで争いは収まった。

その黒い羽根の模様は魔王にしか現れないものだった。

ライは魔王として受け入れられた。

その日から頭にずっと響いていた前魔王の声も、なくなった。

(どうか笑っていて欲しい……)

ずっとあの笑顔に焦がれながら、今日も生きている。

「……魔王様!!」

「…………なんだ?」

「人間が城に入り込みました」

「人間……？」

「はい……！」

「今、行く……」

珍しすぎる城への侵入者。

そもそも普通の人間が城に入れるはずはない。

魔族と魔物が溢《あふ》れる北の大陸に近づくなんて余程の馬鹿だろうか。

重い腰を上げてライは長い廊下を歩いていた。

「……状況を説明しろ」

「はい……！　先程門を突破し、城中を素早く駆け回っております。目的は魔王様かと……。仲間はおりません。皆、電撃を受けて気絶しています……！」

「はぁ……」

「申し訳ありませんっ！　我々では、全く歯が立たずに……」

「…………いや、構わない」

こんなに城が慌ただしいのは初めてだった。

稀にではあるが、〝勇者〟と名乗る奴らがライを倒しにやって来る。

しかし、ライが出るまでもないのがいつものパターンだ。

誰かが城に侵入しても、ライの側近達が全て処理してくれる。

別にライは他国に手を出してもいないし、攻撃もしていない。

魔族と魔物の管理も徹底して行なっている……が、魔族の中には恨みや怒り、悲しみを餌にしている者も多い。

ライは畏怖の対象となる事も多いのだろう。

『新しい魔王が誕生した』

ライの圧倒的な力は人々に恐れを抱かせてしまう。

誇張され勝手に怯《おび》えられ、迷惑な事この上ない。

常に狙われて、生きるか死ぬかの戦いを強《し》いられる。

ただ残りの人生を静かに暮らしたいだけなのに……

またその類《たぐ》いだろうと思っていたライは、もの凄い速さでこちらに向かってくる朱色の髪をした少女に目を奪われた。

「……どうかされましたか？　魔王様」

「…………は」

「あの女が今回の侵入者です……！　何を言っても魔王様に会わせろの一点張りで……」

「…………嘘、だろ」

嘘だと思いたかった。

いや、嘘であって欲しかった。

「ライ……‼」

聞き覚えのある声にライは立ち尽《つ》くしていた。

髪色が違っても見間違えるわけがない。

誰よりも美しく、心から愛するただ一人の女神。

「ローズ、レイ…………？」

「ライ……ッ‼」

「……っ」

ライは思わず手を伸ばした。

これはローズレイに会いたいと強く願う、自分を惑《まど》わす幻なのではないか？

もしくは夢なのではないだろうか……

ローズレイはホッとした顔で微笑《ほほえ》むと、ライの元へと駆け足で向かう。

そして……

――ッドゴォ‼

頬に重い一撃が入る。

ビリビリとした強烈な電撃付きだ。

「――ッ‼」

「……ま、魔王さまッ⁉」

「ふぅ……スッキリしたわ」

まるで気持ち良く運動した後のように、ローズレイは笑顔で汗を拭《ぬぐ》う。

ライは頬を押さえながら唖然《あぜん》としてローズレイを見つめていた。

身体中を駆け巡る痛み、どうやらこれは現実のようだ。

「わたくしを悲しませた罰ですわ……！」

「……ッ」

ローズレイはフンと鼻を鳴らす。

初めは怒った表情を浮かべて必死に取り繕《つくろ》っていたローズレイだったが、次第に顔が歪《ゆが》んで声が震え始める。

大きな瞳から、次々に涙が零れていく。

「…………っ、ライの嘘つきッ！」

「………」

「ずっと側にいるって、言ってたのに……!!」

「ごめん……」

ローズレイに触れる事が出来ずに空を掴《つか》む手のひら。

頭を撫でたい、その頬に触れて熱を感じたい……思い切り抱きしめたい。

気持ちだけが溢《あふ》れていく……

「言い逃げなんて、許しませんわ……！」

「………」

「わたくしはっ！　ライが、っ、どんな事があっても……味方だって!!　大切だって、そう思っていたのに……っ！」

「ありがとう……」

「……貴方はぜんぶッ、わたくしの……って言ったのに……！」

「………ああ」

ローズレイがライの前にペタリと座り込む。

愛おしい存在が目の前にいる……それだけで、ライは空虚な心が満たされる気がした。

「…………俺の全てはお前のものだ。体も心も命も……全て」

今でも鮮明に思い出せる。

ローズレイに焼印を取ってもらった時に言った言葉。

あの日、本当の意味でライは救われたのだ。

「側にいられなくても、それはずっと変わらない……」

「……うっ」

「ごめん……」

「──ぅわぁあぁん」

「何年経っても泣き虫だな……」

「ライのばかぁ……っ」

変わらない泣き顔に愛しさが込み上げてくる。

よく見れば傷だらけの肌、荒れた手。

魔王城に一人で侵入出来るほど、強くなったローズレイ。

それが自分に会いに来る為で、ライの事を想ってしてくれたのだというのなら、これ以上嬉しい事があるだろうか。

少しは、自惚《うぬぼ》れてもいいのだろうか……

「………愛してる、お前が好きだ」

「っ」

「ローズレイ、お前を心から愛してる……」

止まらない想いを言葉にのせて、何度も何度も口にする。

今ならば立場も身分も気にせずに、自分の言葉でローズレイに、ちゃんと想いを伝える事が出来るのだから。

(なんて愛おしいのだろう……)

ローズレイの涙を拭《ぬぐ》う事も、触れる事すら許されないけれど、気持ちだけは届けたい。

「会いに来てくれて、嬉しかった……」

「……っう」

「でもここは、ローズレイにとってあまり良い場所じゃない…………だから」

ローズレイは緩く首を横に振る。

ローズレイにとって、人間にとって、ここの空気はあまり良くない。

魔族と魔物が住む場所とシルヴィウス王国とでは環境が違いすぎるのだ。

このままではローズレイが体を壊してしまうかもしれない。

「ローズレイ……お願いだ」

「もう、ライと離れたくない…………」

「…………」

「……ライは？」

「…………俺も、そう思っている」

ローズレイは嬉しそうに顔を綻《ほころ》ばせた。

ライはローズレイの前に座り、困ったように微笑《ほほえ》んだ。

「……あのね、ライ」

「……ん」

「……お願いを一つ、いいかしら？」

「…………？」

スンスンと鼻を啜《すす》るローズレイに、近くにいた魔族がハンカチを渡す。

ちーんと鼻をかんだローズレイは、魔族にお礼を言うと、涙を拭《ぬぐ》いながら咳《せき》払いをして、改めてライに向き直る。

魔族はグッと親指を立てて笑顔で去っていった。

周囲の魔族達は空気を読んだのか、いつの間にかいなくなっていた。

「…………」

「……わたくしのお願いを聞いてくれたら、大人しく帰ります」

「お願い……？」

「ええ、ライにしてほしい事があるの」

「…………分かった」

「絶対……？　ちゃんと聞いてくれる？」

「……俺の出来る事ならば何でも」

上目遣いでライを見つめるローズレイが可愛くて思わず笑ってしまった。

ローズレイのお願いならば何でも聞いてあげたいところだが、〝また従者に戻って欲しい〟〝シルヴィウス王国に一緒に帰って欲しい〟と言われたら、ライは断らなければならない。

「…………あのね」

「…………」

心苦しさを感じながらも、言葉を待っていたライは、ローズレイの発言に目を見開く事となる。

「今すぐ、わたくしにキスして下さいませ!!」

「はぁ……!?」

「だから、あの……わたくしとキスを……」

モジモジと恥ずかしそうなローズレイは大変愛らしく、ずっと見ていられそうだが、予想外の言葉にライは考え込むように額を押さえた。

もう一度、内緒話のようにライの耳元で「キスですわ！　キス」と繰り返すローズレイの口を塞《ふさ》ぐ事も出来ない。

「聞こえてる……！　分かったから、もう言うな……」

「ライが頷くまで、わたくしはここを動きません」

「……それは」

「それは？」

「…………」

「もしかして、嫌……？」

「違う……嫌じゃない」

嫌なはずがない……むしろ今も触れたいのを我慢しているくらいなのだから。

「…………するのは構わないが」

「痛い、のでしょう……？」

ライは静かに頷いた。

「助けてもらった時、ライに触れようとしたらピリピリ痛みを感じたわ……ライに触れちゃいけないって、なんとなく分かっているの」

「…………」

「…………でも、わたくしが良いって言わなければ、ライは絶対に触れてくれないでしょう……？」

恥ずかしさと不安が入り交じった表情はとても美しくて情欲を誘う。

（ぐちゃぐちゃになるまで甘やかしてやりたい……）

人間の時よりも感情が表に出るようになったのは、自分が魔族になったからだろうか……

「後悔するなよ……」

「構いませんわ……！」

目を閉じたローズレイの顎《あご》を指先でそっと持ち上げる。

やはり指先に触れている部分がビリビリと痛む。

ローズレイも痛みに眉をひそめた。

息を吐き出して、顔を少し傾《かたむ》けてから柔らかい唇にそっと触れる。

ちゅっ……という リップ音と共に唇を離す。

不思議と痛みはなかった。

目を開けると、ローズレイは顔を真っ赤にして少し俯《うつむ》いていた。

予想外の反応に、つられてライまで顔が赤くなる。

「…………」

「…………」

気まずい空気が流れる。

「これで、帰るんだろう……」

「…………」

「…………あの、もう一回しても良いかしら？」

「っ……」

ローズレイがライに覆《おお》い被《かぶ》さり、両手で頬を挟む。

やはり触れた部分がチリチリと痛む。

「ん……」

ローズレイの唇が近づいてきて、ライは諦めたように受け入れる。

長く続く痛みを覚悟していたのだが、キスをしていると触れられている部分の痛みが徐々に薄れていく事に気が付く。

「…………何故」

「やっぱり……！」

「…………どういう事だ？」

「思った通りだわッ!!」

ローズレイは体を起こすと、興奮した様子でライに言った。

「……？」

「魔族の血を抑える為には癒しの聖女がキスをする必要があるんでしょう？」

「え……」

「ソールから…………スフィアが、そう言ってたって聞いて……」

ローズレイの顔にふと影が落ちる。

ローズレイと離れなければならない原因を作った二人を思い出すと怒りが湧《わ》き上がる。

『私にキスすれば、貴方の中にある魔族の血が弱まるわ』

自分の事を聖女だと言い張っていたスフィア。

実際には、ライはスフィアとキスをしていないので、効果は分からず仕舞《じま》いだった。

「そこでわたくし思ったの……聖女がキスをして魔族の血が弱まるんだったら、女神のキスだって同じ効果があるんじゃない？」

「……ははっ、何だそれ」

「でも、きっと本当よ！」

「うん……」

「だってライに触れられたもの……！」

確かに痛みは弱まり、ローズレイに触れる事が出来ている。

「……っ、ほんとに、良かったぁ！」

ローズレイは嬉しそうに涙を流す。

ライは指でローズレイの涙をそっと拭《ぬぐ》った。

魔族の血が一時的に弱まるのが、女神の力のおかげなのかは分からない。

ただ、腕の中にローズレイがいてくれる。

こんなに嬉しい事は他にない。

欲しくて堪《たま》らなかった存在を、もう二度と離すまいと強く強く抱きしめる。

（今度は自分から会いに行こう……）

今まで、ずっと我慢していた。

シルヴィウス王国に行って、ローズレイを一目だけでも見れたなら……と。

けれど、嘘をつき続けた自分が、顔を見る資格なんてないと思っていた。

しかしローズレイは、そんな壁を簡単に乗り越えて何度もライを救い、空っぽだった心をこんなにも満たしてくれる。

ローズレイが新しい道を必死に、こじ開けてくれたのだ。

今度はライが応《こた》える番だ。

身分も建前も捨て去った今のライならば、もう我慢する必要なんてない。

「わたくし……ライの為に色々勉強したのよ？」

「……ありがとう」

久しぶりに感じる花と太陽の匂い……

ニコリと笑ったローズレイに、もう一度口付ける。

（………もう絶対に放さない）

ローズレイが逃げ出したくなるほどに甘いキスを何度も何度もする。

今まで我慢していた分を含めると全然足りない。

ローズレイは必死に手を伸ばして、ライから逃れようと身を捩《よじ》っていた。

「ちょっと、ライ……っ！」

「もっと触れたいんだ」

「……わっ、待って！」

「もう十分我慢したんだ……ご褒美をくれてもいいだろう？」

耳に吐息を掛《か》けながら囁《ささや》くと、かーっと顔を真っ赤にしたローズレイはライの胸をバンバンと叩く。

「もう……お父様に言いつけるわよ？」

「それは……やめてくれ」

「ふふっ」

そこいらの勇者なんかより、ビスクの方がよっぽど強いだろう。

何より倒せる気がしない。

ライにとっての魔王はビスクかもしれない……

「お父様もお母様も、みんなライに会いたがってるわ……」

「…………そうか」

「それと、色々ごめんなさい……」

「……？」

「わたくしと仲直りしてくださる……？」

朱色の瞳が涙で濡れていた。

そっと頬に唇を落とし、目蓋《まぶた》、唇に口付けていく。

「……馬鹿だな、お前は」

「……なっ⁉」

手を伸ばせば触れられる。

すぐそこにローズレイがいる。

これ以上に嬉しい事などありはしない。

「あっ！　そうだわ……わたくし帰る前にやる事がありますの……！」

そう言うとローズレイは、リュックから大きいペンを取り出した。

「広いからとりあえずここで良いわ」と呟いたローズレイは、魔王城の床に複雑な魔法陣を重ねて何個も描いていく。

「………これは？」

「ライのいる魔王城とヒューレッド家を繋ぐ魔法陣です」

「……は？」

「これでいつでもライに会いに来れるわ……！」

ローズレイは満面の笑みで答えた。

ローズレイは、一年掛《か》けて魔法陣から魔法陣へと転移出来る大魔法を開発したのだと、誇らしげに胸を張ってみせた。

「今度はここに長くいられる方法を考えなくちゃね……」

「………」

こうやって突拍子もない行動を取り、いつもライを驚かせて喜ばせるのだ。

魔法陣を描き終わると、ローズレイは立ち上がりキラキラした目でライに言った。

「これ、ライの寝室にも描いておきたいの。案内してくださいな」

「はぁ……」

「……？」

「…………キャラ、変わったか？」

「ライこそ、キャラ変わってるわよ……」

「俺は元からこうだった。変わってない」

一瞬の沈黙の後、可笑《おか》しくて二人で笑い合った。

「ライが何処《どこ》かへ行かないように、わたくしが見張っておかなければいけませんもの」

「………それは怖いな」

「もう、逃《のが》してあげませんわ」

「逃《のが》す……？　お前こそ俺から逃げるなよ？」

「……え？」

「まぁ、いい……これからは堂々とお前を自分のものに出来る」

ニヤリと悪戯《いたずら》に微笑《ほほえ》んでからローズレイを抱《だ》き抱《かか》える。

「……っ！」

もちろん、寝室に案内する為だ。

ローズレイはライの胸に寄りかかり、首に手を回して目を閉じた。

そして顔をあげ、ライの頬にそっとキスをする。

「わっ、わたくしのほうがライを…………あ、愛してるわ！」

「…………もう一回言って？」

「なっ……！」

「お願い……ローズレイ」

「……うっ！　その顔はずるいわ……」

心に根を張っていた悲しみが嘘みたいに消えていく。

「俺だけのものになって……女神様」

愛してる。

もう離さない。

今、二人は新しい未来へ向かって動き出す。

「…………ライ、愛してるわ」

「俺も愛してる……ローズレイ」

新 ＊ 感 ＊ 覚 ファンタジー！

Regina レジーナブックス

〝過保護〟はご遠慮下さい！

ほっといて下さい 1〜4

従魔とチートライフ楽しみたい！

三園七詩《みそのななし》

イラスト：あめや

目が覚めると、見知らぬ森にいたミヅキ。事故で命を落としたはずだが、どうやら転生したらしい……それも幼女に。困り果てるミヅキだけれど、無自覚チート発揮で異世界ライフは順調に進行中。伝説級の魔獣フェンリル、敏腕Ａ級冒険者、策士な副ギルドマスターに、寡黙な忍者と次々に味方……もとい信奉者を増やしていき——愛され幼女のWEB発大人気ファンタジー！

詳しくは公式サイトにてご確認ください。

https://www.regina-books.com/

携帯サイトはこちらから！

この作品に対する皆様のご意見・ご感想をお待ちしております。

おハガキ・お手紙は以下の宛先にお送りください。

【宛先】

〒150-6008 東京都渋谷区恵比寿4-20-3 恵比寿ｶﾞｰﾃﾞﾝﾌﾟﾚｲｽﾀﾜｰ８Ｆ
（株）アルファポリス　書籍感想係

メールフォームでのご意見・ご感想は右のＱＲコードから、
あるいは以下のワードで検索をかけてください。

アルファポリス　書籍の感想　検索

ご感想はこちらから

本書は、「アルファポリス」（https://www.alphapolis.co.jp/）に掲載されていたものを、
改稿、加筆のうえ、書籍化したものです。

婚約破棄《こんやくはき》されて闇《やみ》に落《お》ちた令嬢《れいじょう》と入《い》れ替《か》わって
新《あたら》しい人生始《じんせいはじ》めてます。

やきいもほくほく

2021年 12月 5日初版発行

編集－本丸菜々
編集長－倉持真理
発行者－梶本雄介
発行所－株式会社アルファポリス
〒150-6008 東京都渋谷区恵比寿4-20-3 恵比寿ｶﾞｰﾃﾞﾝﾌﾟﾚｲｽﾀﾜｰ8F
TEL 03-6277-1601（営業） 03-6277-1602（編集）
URL https://www.alphapolis.co.jp/
発売元－株式会社星雲社（共同出版社・流通責任出版社）
〒112-0005 東京都文京区水道1-3-30
TEL 03-3868-3275
装丁・本文イラスト－ののまろ
装丁デザイン－AFTERGLOW
（レーベルフォーマットデザイン—ansyyqdesign）
印刷－中央精版印刷株式会社

価格はカバーに表示されてあります。

落丁乱丁の場合はアルファポリスまでご連絡ください。

送料は小社負担でお取り替えします。


ISBN978-4-434-29641-3 C0093